KB220805

나는 듯이 가겠습니다

나는 듯이 가겠습니다

김진화 지음

어느 특수 교사의 돌봄기록부

이매진

[이매진의 시선 24]

나는 듯이 가겠습니다

어느 특수 교사의 돌봄기록부

초판 1쇄 2025년 3월 22일
지은이 김진화
펴낸곳 이매진 **펴낸이** 정철수
등록 2003년 5월 14일 제313-2003-0183호
전화 02-3141-1917 **팩스** 02-3141-0917
이메일 imaginepub@naver.com
블로그 blog.naver.com/imaginepub
인스타그램 @imagine_publish
ISBN 979-11-5531-150-9 (03800)

| 돌봄, 새로운 세계로 향하는 문

'저 나이대 삶에 낙이라는 게 있을까?

바삐 지나는 사람들 사이에 정물처럼 앉아 그대로 풍경이 된 듯한 노인들을 보며 동정한 어린 날이 있었다. 누워서 눈만 깜빡이는 삶, 인지가 저하된 삶, 스스로 배설할 수 없는 삶을 보며 자문했다.

'산다고 할 수 있을까? 저렇게 살고 싶지는 않아.'

재활 병원이 세계의 전부인 시절을 살다 보니 가치 있는 삶이 따로 있다는 생각이 실은 편협과 오만이라는 사실을 깨달았다. 아이에게는 아이의 시간이, 청춘에게는 청춘의 시간이, 노인에게는 노인의 시간이 있다는 진실을 알지 못했다. 계절이 순환하듯 자연스럽고 조화로운 변화였다. 노인들은 자기 인생의 마지막 계절을 자기만의 방식으로 충실히 경험하는 중이었다.

기도 삽관을 해 눈만 깜빡이는 사람, 비위관으로 유동식을 공급받는 사람, 인지가 저하된 사람, 대소변마저 타인에게 의탁해야 하는 삶도 그렇다. 모든 존재가 자기만의 상황에서 분투하며 제 몫의 삶을 살아 내는 중이라는 진실을 미처 깨닫지 못했다.

효용만을 기준으로 삼은 '살 가치가 있는 삶'이라는 정의를 내려놓고 싶었다. 인간을 쓸모로 판단하지 않아야 한다. 내가 선 자리에서 함부로 타인의 삶을 재단하지 않기. 내가 '벼락같은 불운 앞에 일상을 꽃피워 내는 사람들의 세계'인 재활 병원에서 배운 삶의 자세다.

—

엄마가 뇌출혈로 쓰러진 2015년 2월 8일은 26박 27일 뉴질랜드 여행을 끝내고 돌아온 직후였다. 그 여행에서 나는 세계 최초 번지 점프대, 좋아하는 영화 〈번지점프를 하다〉의 마지막 장면을 찍은 곳에서 번지 점프를 했다. 짧은 순간이지만 끝도 없이 밀려드는 두려움을 일순간 멈춰 세우고 한층 깊어질 내 삶을 상상하며 날개를 펴듯 뛰어내렸다. 눈물이 다 났다. 무섭기도 했고, 무서움을 이겨낸 내가 기특하기도 했다.

뛰기 전 나와 뛰고 난 뒤 나는 뭐가 달라도 다를 듯한 기대감이 가득했다. 일찍이 만들어 둔 블로그를 여행 블로

그로 운영하려고 카테고리를 추가했고, 그해 안에 세계 여행 두 번을 더 계획했으며, 영어 공부와 그림 그리기도 이어 갈 생각이었다.

그렇게 삶을 한 단계 도약시키고 싶던 서른다섯 살 나는 엄마의 엄마가 됐다. 1년 6개월 동안 재활 병원에서 24시간 간병을 했고, 그 뒤 어렵고 고된 과정을 거쳐 각자 할 몫을 찾으면서 가족들하고 돌봄을 지속하고 있다. 자그마치 10년이 흘렀다.

—

나는 비혼, 여성이다. 보통 사람들이 가족 돌봄을 맡을 적임자로 고착화된 대상이다. 돌봄을 되도록 피하려는 사람도 많다. 나는 자발적으로 '독박 간병'을 선택했다. 간병은 1년에 두 달은 꼭 배낭 멘 채 해외를 누비던 내 세계가 한 평 남짓한 병실로 좁아지는 일이었다. 기꺼이 좁아졌다. 대신 그 속에서 엄마라는 우주를 보려고 했다. 어떤 상황에서도 새로운 세계를 발견할 자신이 있었다. 그때의 나는 그렇게 살아왔으니까. 그러나 내 계획 속에는 새로 발견한 세계를 훈장처럼 가슴에 달고 건강한 모습으로 금의환향하는 엄마와 나만 있었다. 6개월, 아니 1년이면 끝날 줄 안

간병이 이렇게 길어질지 몰랐다. 이 병 끝에 엄마가 장애를 얻게 되리라는 사실도, 몸 한 쪽이 마비된 채 살아가는 삶이 어떤 시간인지도, 가족의 삶이 어떻게 바뀔지도 전혀 예상하지 못했다. 나도 이전의 삶으로 다시는 되돌아갈 수 없다는 의미였다.

아무 준비도 없이 돌봄자가 된 나는 엄마의 재활과 일상 복귀라는 과제를 해결하느라 늘 전전긍긍했다. 급변하는 상황을 세심하게 관찰하고 예측할 수 있는 문제에 대비하느라 내내 긴장한 채였다. 무엇보다 한순간에 아이가 된 듯 말하기와 걷기를 다시 배워야 하는 엄마를 보면서 홍수처럼 밀려오는 충격과 당혹감, 슬픔, 절망, 죄책감 같은 감정을 제대로 추스를 수 없었다. 쓰러진 엄마가 일어서는 일이 오롯이 내게 달려 있다는 사실에 압도당해 숱한 밤 잠 못 들었다. 시시각각 닥치는 선택과 결정 앞에서 외롭고 힘든 순간이 많았다. 35년간 살아오며 얻은 지혜를 모두 녹여 보자는 아름다운 도전 의식이 번번이 무너져 내리면 기어이 다시 쌓아 올려야 했다.

간병과 돌봄의 시간이 전혀 예상할 수 없는 경로로 나를 통과하는 동안 내 삶은 뿌리째 흔들렸다. 또는 태풍이 지나간 뒤 바다처럼 많은 것이 떠올랐다. 취약하고 아프고 보고 싶지 않은 내가 모두 드러나 제대로 생각할 겨를도 없는 마음을 어지럽게 했다. 환자 뒤에 가려진 존재로 살아가는 사이 나는 점점 내 삶의 경로에서 멀어졌고, 엄마의 안위와 행복을 위하는 나, 집안 문제를 해결하는 도구인 나만 남았다. 얼마나 지치고 병들어 가고 있는지 어느 순간 깨달았지만, 멈출 방법도 다르게 살아갈 길도 찾을 수 없을 듯했다. 그런데도 엄마 곁에 있기로 한 결정은 인생에서 가장 잘한 선택이었다. 지금도 그 생각은 변함없다.

지독한 고생 끝에 장애인이 된 엄마의 삶은 언뜻 허무해 보이지만 남은 생은 행복하게 해주겠다고 다짐했다. 그 다짐이 때로 버겁기도 하지만 계속 방법을 찾아 나가고 있다. 관절이 굳어 오그라든 손을 가만히 잡는 일, 추우나 더우나 한 걸음 한 걸음 느려진 속도에 맞춰 걸어가는 순간과 그때 우리를 둘러싼 풍경들, 엄마가 어린 나에게 한 대로 힘들고 두려운 일이 생길 때마다 달려가 해결사를 자처하는 일, 예전보다 더 자주 눈을 맞추고 '사랑해요, 고마워요' 말할 수 있는 일상은 행복하고 감사하다.

—

내 세계는 좁아지기는커녕 다르게 넓고 깊어졌다. 불 꺼진 병실에 누워 인간관계와 가족, 가까운 곳에서 지켜본 부모님, 부모님이 오롯이 담긴 나를 돌아봤다. 장애인을 가족으로 둔 삶, 엄마를 대하는 한심하고 부족한 나를 비난하기보다 껴안고 응원하는 마음은 엄마가 겪은 좌절이 아니면 결코 알 수 없었다. 이 경험이 나를 통과하면서 나를 어떻게 할퀴었는지, 그런 과정을 어떤 시각과 관점으로 바라보면서 내가 성장했는지 이야기하고 싶었다.

지금 힘들게 간병과 돌봄을 하는 누군가, 또는 살아온 날들이 통째로 흔들려 스스로 상처 주고 있는 누군가, 그런 속에서도 자기 삶을 꽉 붙들고 싶은 누군가에게 이 책을 전하고 싶다. 그런 이들에게 그 어둠과 혼란은 영원하지 않고 반드시 자기만의 길을 찾아 나갈 수 있다고 응원하고 싶다. 간병과 돌봄은 좋은 날의 끝이 아니라 밀도 높은 삶의 시작일 수 있다고 말하고 싶다. 삶이 뿌리째 흔들리는 경험도 상처와 고통이 아니라 더 나은 방향으로 새롭게 날아오르는 계기가 될 수 있다고 말하고 싶다.

돌봄자를 형제자매로 두고 있는 누군가가 이 책을 읽는다면, 모든 돌봄자의 내면은 매 순간 책임감, 양가감정, 고립감 등에 맞서서 투쟁을 벌이면서 버티고 나아간다는 사실을 알면 좋겠다. 따뜻한 말 한마디, 마음을 담은 밥 한 끼가 큰 힘이 된다. 돌봄자가 뭔가 부족해 보이고 실수가 늘어난다면 힘들다는 뜻이다. 실수를 탓하기보다는 하나라도 몫을 나눌 방법을 고민하고 제안하자. 뭐가 필요한지 가볍게 물어도 좋다.

현장에서 최선을 다하고 있을 의료진과 돌봄 전문가, 정책 당국자가 이 책을 읽는다면, 벼락같은 질병 앞에서 고군분투하는 환자와 보호자의 마음에 공명해 주기를 바란다. 무엇을 힘들어하고 아파하는지 한 번만 더 떠올려 주면 감사하겠다. 환자는 물론 가족 간병자나 돌봄자를 제도적으로 뒷받침할 수 있는 논의로 이어질 수 있다면 더할 나위 없겠다.

마지막으로 돌봄 받는 누군가가 이 책을 읽는다면, 돌봄자가 겪는 어려움을 이해하고 적극적으로 소통하기를 바란다. 또한 돌봄이 힘들기는 하지만 또 다른 삶의 배움터가 될 수 있기 때문에 너무 미안해하지 말라는 말도 하고 싶다. 우리는 누구나 돌봄의 수혜자이자 제공자로 살아간다. 우리 사회는 돌봄 없이 유지될 수 없다. 당신은 돌봄 받아 마땅한 존재다.

이 책을 집어 든 지금 당신은 새로운 세계로 향하는 문 앞에 서 있다. 책장을 펼쳐 활자 속으로 성큼성큼 걸어 들어오기를 바란다. 뇌출혈이라는 낯선 질환에 걸린 엄마와 그런 엄마를 맞닥트린 내 삶을 통해 돌봄이라는 보이지 않던 세계를 마주할 수 있다. 내 주변에 분명히 있지만 보이지 않던 돌봄자들을 돌아보면 좋겠다. 돌봄은 어느 날 문득 아무에게나 다가올 수 있는 문제라는 데 공감한다면, 우리 가족은 어떤 돌봄을 꿈꾸는지 한 번쯤 생각하고 대화하기를 권한다. 노화, 질병, 장애를 포함한 다양한 상황과 조건 속에 놓인 돌봄 이야기가 더 많이 나오기를 기대한다.

차
례

1부
보이지 않던 세계 속으로

1부

보이지 않던 세계 속으로

1장

엄마, 뇌출혈

시절 속으로 런

러너들은 내비게이션에 없는 특별한 옵션을 선택한다. 바로 달리기다. 목적지로 가려 할 때 내비게이션은 자동차, 대중교통, 도보 중 하나를 선택하라고 친절히 제안하지만 러너들은 때때로 거기 없는 선택을 한다.

'이 정도면 뛰어갈 만한 거리인가?'

차로 움직이려니 힘찬 시동 소리가 어쩐지 머쓱하고 걸어가기에는 선뜻 내키지 않는 거리가 달리기에 딱 좋다. 캠핑을 하다가 체기가 올라와 한바탕 토하고 잠든 친구에게 먹일 약을 사려고 한적한 국도를 따라 오륙 킬로미터쯤 달린다. 당연히 지하철을 타야 한다고 생각하던 백화점에도 뛰어가 간식을 사 온다. 해운대에서 달려온 친구를 광안리에서 마중해 함께 우리 집까지 달려가기도 한다. 러너들은 처음 만난 사람이든 몇 달 만에 만난 사이든 이른 새벽이든 늦은 밤이든 다짜고짜 만나 달린다.

자가용이 없던 시절 사람들은 네가 차를 사면 날개가

돼 활동 반경이 획기적으로 늘어날 수 있다고 말했다. 차를 타지 않은 인간이 오로지 두 다리로 활동 반경을 늘리는 방법이 바로 달리기다. 내 몸 하나 지나갈 수 있는 공간이면 어디든 길이 되는 달리기는 들숨과 날숨이 몸에 산소를 공급하듯 모세 혈관처럼 뻗은 길을 따라 달리는 사람들에게 자기만의 삶을 덧입힌다.

그해 여름도 그랬다. 친구가 예약한 캠핑장을 어딘지도 모르고 따라나섰다. 도착할 즈음에 모습을 드러낸 빨간 교각을 보고 나서야 목적지가 남해대교 근처라는 사실을 알았다.

"우와, 나 어릴 때 남해대교 바로 밑에 있는 마을에서 살았어! 주말 되면 가족들이랑 여기 걸어서 건너갔거든. 갑자기 회색으로 바뀌어서 정말 아쉬웠는데, 다시 빨강으로 바뀌었네? 저쪽에서 유람선도 탔어! 어, 저기는 아기섬이다. 도깨비불 전설!"

잔뜩 신이 나 의식의 흐름대로 추억을 읊어 대는 동안 차는 남해대교를 지나고 있었다. 남해대교는 경상남도 남해군 설천면 노량리와 하동군 금남면 노량리를 연결한다. 나는 하동군 금남면 노량리에서 유년 시절을 보냈다. 아빠가 그곳 우체국으로 발령받았다. 단 1년을 산 곳이지만 마치 유년 시절 전부를 보낸 듯 아름다운 기억으로 남아 있다.

2층짜리 관사에는 넓은 탁구장이 딸려 있었다. 엄마는 당신이 작정하고 스매싱을 날리면 아빠는 꼼짝 못 하고 당하기만 했다며 반 옥타브 높은 목소리로 종종 무용담을 늘어놓았다.

"내가 탁구를 계속했으면 진짜……."

말끝을 흐리는 엄마 모습이 사뭇 진지해서 슬며시 웃음이 나왔다.

마당은 더 넓었다. 엄마는 마당 한쪽에 꽃을 가꾸고 채소를 키웠고, 우리는 마당 이쪽저쪽으로 리어카를 타고 다니며 놀았다. 가끔 천막 영화가 동네를 찾을 때면 우리 집 마당은 극장으로 변했다. 영화가 뭔지도 잘 모르던 그때, 외지 사람들이 찾아와 대낮부터 천막을 치면 설렜다. 엄마는 극장 주인처럼 동네 사람들을 반갑게 맞이했다. 무슨 내용인지도 모를 화면 앞에 빼곡하게 모여 앉아 술과 음식을 나누는 시간이 설레서 나도 괜스레 천막을 들락날락했다.

관사를 나오면 드넓은 바다가 펼쳐져 있었다. 까딱하면 빠져 버리지 않을까 무서울 만큼 가깝고 아득하고 검푸르렀다. 밀물 때면 낚시를 했다. 문질이나 놀래미 같은 물고기가 곧잘 잡혔다. 썰물 때면 갯벌로 내려가 작은 게

들을 잡았다. 간혹 욕쟁이 할머니가 불호령이라도 내리면 냅다 집으로 뛰었다. 갯벌에도 경계가 있다는 걸 알 리 없는 우리였다. 엄마는 잡아 온 물고기로 회를 뜨고 작은 게들은 간장조림을 했다. 지금 생각해 보면 회 뜨는 법을 알았을까? 엄마는 욕실 바닥에 도마를 놓고는 물고기하고 한판 전쟁을 치렀다. 우리는 그런 전리품을 먹고 자랐다.

노량리 아이들에게는 아기섬 이야기가 전설처럼 내려온다. 썰물이면 육지에 이어지고 밀물이면 섬이 되는 그 작은 땅덩이를 우리는 아기섬이라고 불렀다. 밤이 되면 그곳에 도깨비불이 출몰한다는 말에 노량리 아이들은 바짝 얼어붙었다.

"그게 그렇게 무섭나? 호호."

함께 밤길을 나설 때면 엄마는 나를 옆구리에 바짝 끌어당기며 웃었다. 실은 그런 엄마 품이 좋아서 더 많이 무서운 척했다. 낮에는 더없이 예쁜 섬이었다. 엄마가 갯벌 바위에서 따다가 바닷물에 슥 헹궈 입에 넣어 주던 굴 맛은 아직도 선명한데, 지금은 어디에서도 그 맛을 만날 수 없다.

휴대폰을 열었다. 출발지 남해 오토 캠핑장, 도착지 노량초등학교. 12킬로미터다. '그래, 달려가 보자!'

이튿날 새벽 다섯 시 삼십 분 캠핑장을 출발한다. 초반부터 오르막이다. 계속해서 오른다. 오르고 또 오른다. 12킬로미터라는 거리가 이내 부담으로 다가온다. 힘을 내본다. 오르막이 다하면 내리막이 나온다는 사실을 애쓰지 않아도 아는 나이다.

6월의 태양은 새벽이라도 꽤 뜨거워서 힘이 들면 바다를 바라본다. 반짝이는 윤슬은 얼마나 아름다운지! 아름다운 것들은 힘이 강하다. 뭔가를 견디고 계속 나아갈 힘을 주니까. 지칠 만하면 벚나무 터널이 나온다. 초록은 또 얼마나 사람을 시원하게 하는지! 초록이 열기를 덜어 줄 때쯤이면 다시 오르막이다. 달리기는 어쩌면 이렇게 인생 같을까?

어느새 남해대교에 다다른다. 다리를 건너 나들이 가는 우리 가족의 단란한 시절이 거기 있었다. 한껏 고조된 채 속도를 내어 마을을 향해 달린다. 얼마 지나지 않아 마을 입구가 나온다.

'아……우체국이다!'

우체국 앞에 잠시 머문다. 엉성한 철문 사이로 보이는 마당이 휑하기만 하다. 관사 앞에는 바다를 메운 주차장이 들어서 있다. 다음은 아기섬. 아기섬 앞에는 알록달록 포토 존이 보인다. 못내 아쉽지만 괜찮다. 내가 기억한다면 그 모습은 영원히 그곳에서 사라지지 않는다.

마지막 남은 힘을 다해 오르막을 달린다. 막바지에 내가 다니던 학교가 있다. 차오르는 숨보다 마음이 더 떨린다. 교문이 보인다. 속도를 줄이지 않고 그대로 달려 운동장으로 들어선다.

'내가 왔어. 진화야!'

인생의 오르막과 내리막을 거쳐 달리기를 만난 사십 대의 내가 숱한 오르막과 내리막을 달려와 여덟 살의 나를 마주한다. 천천히 운동장을 돈다. 나무 바닥에 난로를 땐 교실, 조막만 한 손으로 걸레를 빤 개울가, 친구에게 노래를 불러 준 아름드리나무, 승완이, 옥희, 지연이. 벅찬 마음에 웃고 있어도 눈물이 날 듯하다. 간절한 마음으로 두 다리로 힘껏 땅을 박차며 달려온 나. 보고 싶다. 만나고 싶다. 아무 걱정 없이 행복한 어린 날의 나, 그리고 건재한 엄마가.

가쁜 숨을 고르며 그네에 앉아 텅 빈 운동장을 둘러본다. 눈길 머무는 곳마다 수줍음 많은 어린 날의 내가 있다. 찬찬한 눈망울로 아이가 내게 말한다.

"엄마 곁에 있어 줘서 정말 고마워."

아픈 사람 곁에 있기란 아픈 이를 수면 위로 끌어 올리고 자기는 가라앉는 일이었다. 땅거미 진 어둠 속에 자기를 세워 둔 채 아픈 이를 껴안아 빛으로 데려가는 일이었다. 너무 많은 것을 잃은 듯했다. 내 곁에 있던 기회도 사람도 다 놓친 듯하다는 생각이 들면 슬펐다. 내 진심과 수고를 봐 주지 않는 누군가를, 도무지 수용하기 어려운 오해들을 떠올리면 내 인생이 보잘것없게 느껴지기도 했다.

엄마에게 저지른 실수와 잘못도 자기 비난이라는 굴레를 벗어나지 못했다. 그럴 때면 내 수고는 내가 알고 엄마가 알고 하늘이 안다는 마음으로 묵묵히 걸었다. 그렇지만 사실 엄마라고 해서 온전히 알지 모르겠다. 우리는 나 말고는 아무도 온전히 이해할 수 없기 때문이다. 그러나 지금 내 앞에 있는 이 아이는 왠지 나를 다 알 것만 같아 단단한 외로움이 비로소 녹는 듯했다.

나를 뒤따라 걸을 그 아이에게 되돌리고 싶은 순간을 알려 주고 싶었다. 그러나 그럴 수 없고, 그렇게 해서도 안 된다. 인간은 누구나 주어진 운명 속에서 흔들리고 쓰러지며 배우는 법이다. 그래야만 두 다리로 설 수 있는 법이다. 다만 어떤 상황에서도 방법을 찾아내는 사람이기를 응원하며 나도 그만 자리를 털고 일어섰다. 작은 나에게 부끄럽지 않은 내가 될 수 있게 나에게 주어진 삶 속을 다시 달려가기로 한다.

기록이 멈춘 혈압 일지

밥 먹다 말고 울컥했다. 2015년 2월 8일 아침에 멈춰 있는 혈압일지를 무심코 바라본 순간, 매일 아침 식탁에 앉아 숨을 고르고 혈압을 측정한 뒤 펜을 꼭꼭 눌러 결과를 기록하던 엄마의 옆모습이 떠올랐다.

2015년 2월 8일 아침 일곱 시 사십 분, 수축기 혈압 135, 이완기 혈압 95, 맥박 66을 기록한 엄마는 내가 골라 준 코트를 입고 내가 사준 모자를 쓰고 대구에서 열리는 결혼식에 갔다. 왜 그랬을까? 문득 사진을 찍어야겠다고 생각했고, 엄마는 예쁘다는 말에 환하게 웃으며 포즈를 취했다. 엄마가 건강한 몸으로 찍은 마지막 사진이었다.

그 뒤 엄마와 나, 우리 가족의 삶은 돌아올 수 없는 어떤 곳을 향해 내달리기 시작했다.

"누나야, 엄마가 식장에서 쓰러지셨다 하거든?"

"으응? ……왜?"

"자세한 건 나도 모르겠고, 지금 대구에서 부산 병원

으로 오는 중이라니까 입원 준비해서 오래."

"그래……알았어."

친구들을 만나 계모임을 하는 날이었다. 식사를 끝내고 카페로 자리를 옮겨서 달콤한 아포가토를 먹고 있었다. 전화를 받고 얼떨떨하면서도 동생 목소리가 워낙 침착해 잠시 고개를 갸우뚱하고 말았다.

'쓰러진다는 건 어떤 상태를 의미할까?'

얼마 전 지인 어머니가 쓰러지고 나서 별문제 없다며 하루 만에 퇴원한 일을 떠올렸다. 괜찮겠지 하고 생각하면서 조금 더 카페에 앉아 있다가 입원 준비를 하고 병원으로 향했다.

"빨리 안 오고 뭐 했노?"

너무 대수롭지 않게 생각했을까. 대구에서 출발한 구급차보다 늦게 병원에 도착한 나는 이모가 쏟아붓는 타박을 들으며 서둘러 응급실로 들어섰다. 차갑게 소란한 공기, 유예된 불안이 엄습했다. 엄마가 있으리라 예상되는 곳은 누가 알려 주지 않아도 빨려들 듯 눈에 들어와서 잰걸음으로 그곳을 향했다. 넋이 나간 듯 눈빛이 불안하게 흔들리는 아빠, 굳은 얼굴로 팔을 감싸 쥔 채 엄마를 내려다보는 이모부. 익숙한 사람들의 전혀 익숙하지 않은 모습 사이로 엄마가 누워 있었다.

'이게 다 뭐지?'

주렁주렁 겹쳐 달린 수액들, 어지러이 뒤엉킨 링거 줄, 이방인의 언어처럼 알 수 없게 오르내리며 엄마의 상태를 알려 주는 생체 신호 모니터, 해석될 리 만무한 숫자들.

'으…….'

엄마는 드문드문 옅은 신음을 내뱉으며 고개를 계속 해서 좌우로 비틀었다. 고통을 견디느라 그럴 수도 있겠지만, 뭘 하는지 모를 몸짓이었다. 다리 사이로 소변 줄이 꽂혀 있었는데, 무릎을 반쯤 세운 다리가 힘을 잃고 이리저리 흐느적댔다. 오늘 아침 카메라 앞에서 활짝 웃던 엄마가 아니었다.

엄마의 눈동자는 솜털이 바짝 일어설 정도로 나를 얼어붙게 했다. 까만 동공이 상한 달걀을 바닥에 깨트려 놓은 듯 힘없이 제멋대로 유영하고 있었다. '쿵!' 심장이 떨어질 듯 놀랄 때 쓰는 그 흔한 의성어가 순간 온몸을 울렸다. 그러나 분명히 흔하지 않은 사건이었다.

엄마를 대구에서 부산까지 이송한 응급구조사가 가방을 넘겨줬다. 검은 프라다 가방 속에는 아침에 내가 매어 준 스카프, 지갑, 수첩, 모자가 어지럽게 뒤섞여 있었다. 취직한 뒤 엄마에게 종종 선물을 했다. 사치품이나 백화점이라고는 모르고 산 엄마가 스스로 결코 지갑을 열 생각조차 못 할, 그러나 직장인에게는 특별할 일 없는 물건들이었다. 처음에는 사지 말라고, 필요도 없는데 왜 사냐고 하던 엄마도 두 번 세 번 반복되자 기쁘게 받았다. 좋았다. 딸이 사 주는 맛있는 음식, 좋고 예쁜 물건들을 자연스럽게 받는 엄마가 좋았다. 엄마는 그럴 자격이 있었다. 그런 물건을 받을 만큼 우리를 잘 키웠다.

이탈리아를 여행할 때 산 프라다 가방이었다. 엄마 것과 내 것을 똑같이 샀다. 등에는 커다란 배낭을, 가슴에는 보조 가방을 메고 손에는 프라다 가방 상자 두 개를 들고 힘들게 돌아다닌 기억이 났다. 그 가방을 받고 엄마는 무척 좋아했지만, '프라다'라는 세 글자를 몹시 낯설어했다.

"프. 라. 다. 프라다."

친구들에게 자랑하려면 이름을 알아야 한다며 몇 번을 알려 주고 따라 하라면서 한참을 깔깔거렸다. 어차피 엄마는 명품을 즐기지도 않고 대놓고 자랑할 생각도 없지만 딸이 먼 곳에서 사서 이고 지고 온 마음이 좋았을까.

모자는 또 어떤가. 백화점 할인 매대에 깔린 물건만 사던 엄마를 끌고 가서 처음으로 백화점 매장에서 정가 주고 산 모자였다. 엄마가 좋은 날에만 가끔 쓸 정도로 소중하게 다루던 그 모자가 한껏 찌부러진 채 아무렇게나 욱여넣어져 있었다.

'내가 보지 못한 절체절명의 시간, 엄마한테 대체 무슨 일이 있었지……'

뇌출혈이었다. 뇌졸중은 혈관이 막히는 뇌경색과 혈관이 파열되는 뇌출혈로 나뉘는데, 엄마는 뇌 아주 깊숙한 부위인 기저핵과 시상 부위에서 많지도 적지도 않은 17시시(cc)가 출혈됐다. 대구 한 병원 응급실에서 처치를 받은 뒤 더는 출혈이 없어서 구급차를 타고 부산까지 올 수 있었다.

의사는 드라마에서나 보던 뇌 전산 단순 촬영술(CT) 사진들을 쫙 펼친 채 설명했지만, 놀란 나는 무슨 소리인지 알아들을 수 없었다. 다른 많은 사람처럼 나는 이 병을 잘 몰랐다. 뇌에 출혈이 생기면 어떤 증상이 나타나는지, 예후가 어떤지, 환자를 비롯한 가족의 삶은 어떻게 달라지는지, 정말 아무것도 알지 못했다.

병실이 나지 않아 응급실에서 이틀 정도 대기했다. 응급실은 환자가 안정을 취하거나 안정된 의료 서비스를 공급받을 만한 공간은 아니었다. 복잡하고 정신이 없었다. 게다가 이 병원은 응급실 침상이 유독 좁았다. 간이 침상이라 상황에 따라 이쪽저쪽 침대째 옮겨 다녀야 했다.

경황없는 상황에서 뭐라도 해야 해서 여기저기 전화를 돌렸다. 아빠는 충격을 심하게 받은 상태이고 동생과 언니는 상황이 여의찮아 내가 온갖 인맥을 동원해 전화를 돌렸다. 사람들은 지인을 수소문해 연락을 넣어 줬다. 무척 고맙기는 해도 신경 써 주겠다는 약속이 다였다. 결정적 도움을 줄 만한 누군가가 없었다. 친구 남편이 아는 지인인 원무과 직원은 병실이 언제쯤 나겠냐고 두 차례 찾아가 질문하자 버럭 성질을 냈다. 직원들의 시선이 한꺼번에 날아와 꽂히자 무안해 눈물이 핑 돌았다.

누군가의 절박한 마음이 누군가에게는 일상적인 스트레스일 수도 있었다. 이런 부탁을 하는 사람이 나뿐 아닐 테다. 바짝 수그려 사과하고는 또 한 번 부탁하고 나왔다. 순서를 기다리라는 말은 맞았다. 뭘 위한 부탁인지, 그런 부탁이 옳은 일인지 따질 겨를이 없었다. 그저 뭐라도 붙잡고 싶은 심정이었다.

나름대로 할 만큼 하는데도 엄마는 좁은 응급실 침대를 이틀째 벗어나지 못했다. 여전히 의식 없는 채로 이리저리 몸을 뒤척이는 엄마에게 연결된 링거 줄을 정리했다. 그러고는 가만히 엄마 손을 잡았다. 마디마디 주름지고 휘어져 있지만 엄마 손은 언제나 그렇듯 따뜻했다. 그래도 엄마가 아직 살아 있다는 데 감사했다. 응급실을 가득 메운 비현실감 속에 굳어진 팔다리를 닦고 주무르며 조용히 눈물만 뚝뚝 흘렸다.

사흘째 병실을 배정받았다. 병원 생활이 시작됐다. 아무것도 모른 채 뇌졸중 환자의 보호자로 내던져졌다.

아무도 알려주지 않는

엄마는 뇌혈관 출혈이 멈춘 상태라 준중환자실로 배정됐다. 교사인 내가 봄방학을 할 때까지 두어 시간 거리에 사는 작은언니가 부산으로 와서 아빠하고 함께 낮 동안 엄마를 돌봤고, 나와 큰언니는 퇴근하면 곧장 병원으로 갔다. 재출혈 가능성도 있고 엄마가 링거 줄을 뽑아 버릴 기세로 몸을 이리저리 심하게 비틀기 때문에 교대로 밤을 지새웠다. 2월 초라 여전히 추웠다. 언니가 보호자용 침대에 누우면, 나는 작은 의자를 놓고 앉아 하염없이 환자를 바라보다가 엄마가 미간을 찌푸리거나 몸부림할 때마다 링거 줄을 정리했다. 그러다 너무 졸리고 힘들면 잡히는 대로 신문지라도 깔고 앉거나 잠시 누웠다. 차갑고 딱딱한 병실 바닥 위에서 내가 처한 현실을 떠올리며 정신을 가다듬다가 동이 트면 서둘러 출근했다.

엄마하고 함께한 추억이 담긴 사진을 출력했다. 매일 아침 사진을 보여 주면서 사진 속 인물이나 행복하던 날들을 얘기하고 엄마의 역사를 들려줬다. 아들딸 이름도 모르는 엄마가 빨리 기억을 되찾기를 소망했다.

낮에는 엄마가 좋아하는 노래를 틀었다. 조미미의 〈서산 갯마을〉, 이미자의 〈섬마을 선생님〉, 〈동백 아가씨〉. 〈섬마을 선생님〉 전주가 흐르자 눈만 껌뻑이던 엄마가 순식간에 얼굴을 일그러트리며 울기 시작했다. 그런 노래들하고 함께한 세월이 몸과 마음에 새겨진 탓일까. 자기가 놓인 상황을 조금은 느껴서 그런 걸까. 〈섬마을 선생님〉은 서울에서 온 총각 선생님에게 열아홉 살 섬 색시가 품은 순정을 담은 노래인데, 이 노래가 나온 1967년에 엄마는 열여덟 소녀였다. 병실에 누워 몸을 움직이지 못한 채 울고만 있는 엄마를 보면서 이 노래를 듣고 부르는 열여덟 소녀를 떠올리니 한겨울 얼어붙은 손끝처럼 마음이 아렸다.

그때 우리 가족은 매우 서툴고 모르는 사실이 많았지만, 병원에서는 아무도 알려 주지 않았다. 응급실에 있을 때 의식이 거의 없는 엄마가 몹시 괴로워하며 뭔가를 말하려 했다. 발음도 쉽지 않아 웅얼거리는 엄마 말을 전혀 알아들을 수 없었다. 의식이 조금 돌아오면 같은 방식으로 계속 말했지만, 우리가 못 알아듣자 울먹이듯 한숨을 내뱉기도 했다. 알고 보니 틀니가 문제였다. 틀니를 빼달라는 말이었다. 뇌출혈로 몸 절반에 마비가 오면 좌우 균형이 무너진다. 틀니처럼 몸에 장착한 건 바로 제거해야 한다는 사실을 나중에야 알게 됐다. 매뉴얼일 텐데 다급한 상황 때문에 지켜지지 않았고, 엄마는 뒤틀린 입에 맞지 않는 틀니 때문에 굉장히 고통스러워야 했다.

준중환자실에 머문 3주 동안 우리는 엄마를 가만히 눕혀 뒀다. 같은 병실 환자들도 거의 누워만 있으니까 엄마도 가만히 누워 안정을 취해야 하는 줄 알았다. 그러나 뇌출혈 환자에게는 재활에 중요한 골든 타임이 있어서 출혈이 안정된 즉시 몸을 움직이게 하고 빠르게 재활을 시작해야 했다. 검색한다고 했는데도, 나는 정작 중요한 사실을 놓쳤다.

"여기서 어머니 상태가 가장 좋은데 자꾸 일으켜 세우고 걸리고 해야지, 왜 그렇게 있어요. 내가 보기 안타까워서 그래요."

2주를 훌쩍 넘기고 나서야 옆 병상 간병인이 말했다. 재활 병원으로 옮겨야 한다는 사실도 알려 줬다. 스스로 곧게 앉을 수도 없는 엄마를 어떻게 걷게 할지 알 수 없었고, 여기서 치료받고 퇴원하면 되지 어느 병원을 또 가야 한다는 건가 싶었다. 무엇보다 병원에서 별말이 없었다.

그러던 어느 날 밤, 인턴이 올라와 느닷없이 커튼을 열어젖히더니 병실을 비워 달라고 했다. 급한 환자가 들어온 듯했는데, 상황을 정확히 모르는 우리는 급하게 퇴원해 재출혈이라도 나면 어쩌나 하면서 이틀을 더 버텼다. 급하게 재활 병원이란 곳을 알아보고 전원을 해야 했다.

3주 동안 의사는 매일 아침 회진을 돌았고 간호사들하고도 그럭저럭 잘 지냈다. 의사는 '지금은 안정됐습니다. 재출혈 걱정은 안 해도 되겠어요', '이제 휠체어 한 번 태워봅시다', '물리치료 한번 해봅시다' 같은 짧은 말 말고는 어떤 이야기도 하지 않았다.

어떤 식이든 몸을 움직여야 신경이 회복된다는 가장 중요한 사실을, 지금 엄마가 그런 상태라는 사실을 왜 아무도 알려 주지 않았을까? 다음 순서를 전혀 몰라 질문조차 하지 못하는 우리에게 왜 병원은 아무것도 말해 주지 않았을까? 출혈 상태가 안정되면 재활 병원으로 옮겨 몇 개월 동안 재활해야 하니 미리 준비하라고 설명하는 데 그렇게 많은 시간이 필요했을까? 재활 병원에서 만난 다른 환자들처럼 신경외과에서 재활의학과로 옮기는 전과는 왜 안 됐을까?

밤중에 들른 인턴은 다음 날 퇴원을 종용하기보다는 전원 준비가 돼 있는지 확인부터 해야 했다. 아무 준비도 안 된 상태에서 움직이지 못하는 엄마를 우리는 어떻게 할 수 없었다. 간단한 사실을 알려 주지 않은 병원의 무성의

와 경황없는 돌봄자의 무지가 겹쳐 환자 상태가 얼마나 뒷걸음질쳤을까. 더 안전하게 보행할 수 있는 능력을 확보할 기회, 손가락으로 가벼운 물건 하나라도 쥘 수 있는 신경을 살릴 기회를 얼마나 흘려보냈을까. 알 수 없었다.

의사는 환자와 돌봄자에게 질환에 관한 중요하고 기본적인 정보를 제공해야 한다. 큰 병을 처음 겪는 보통 사람은 눈앞에 닥친 간병에 치중하느라 가장 중요한 사실을 놓칠 수 있기 때문이다.

의사가 재활 병원으로 옮겨 재활을 시작하는 일이 훨씬 급하니까 전원할 곳을 알아보라고 알려 줬다면, 병원이 재활 병원 목록을 제공하고 전원을 연결해 줬다면, 간병인이 '참, 효녀. 엄마한테 너무 잘한다'라는 말만 반복하지 말고 좀더 일찍 조언해 줬다면, 엄마는 어떻게 됐을까.

2장

재활을 시작하다

선우 엄마처럼

바쁘게 움직이는 재활 병원의 아침, 전화가 왔다. 내가 5년을 맡아 가르친 뒤 일반 중학교로 진학한 선우의 어머니였다.

"선생님, 선우 다니는 중학교 특수 선생님이 우리 선우 같은 아이를 왜 특수 학교 안 보내고 여기 왔냐고 해요. 선생님은 무슨 문제가 생기면 방법을 찾아보자, 선우한테도 시간이 필요하다, 시간이 지나면 반드시 변화가 있다고 말씀해 주셨는데, 지금 선생님은 무슨 일만 생기면 안 된다는 식으로 말해요. 이제 겨우 3월인데 어떡하면 좋아요."

선우는 자폐성 장애가 있었다. 다른 사람 말을 그대로 따라 말하는 증상인 반향어와 같은 행동을 반복하는 상동 행동을 보이지만 정도가 심하지 않고, 안전하지 않은 방식으로 의사를 표현하는 도전 행동이 없고, 또래들하고 통합 분위기도 좋아 일반 중학교로 진학했다. 통합 교육을 하려는 보호자 의지도 확고해 더 고민할 일도 없었다. 그러나 중학교에 진학한 뒤 선우 엄마는 '선우는 특수 학교에 가야 할 아이'라며 부담을 느끼는 듯했다. 3월이라 아직 한창 적응이 필요한 때인데, 의아했다. 아이를 중학교에 보내고 노심초사하던 선우 엄마는 거의 울먹이는 목소리로 한 말을 하고 또 하면서 거의 사오십 분 동안 전화를 내려놓지 못했다. 장애가 있는 아이를 학교에 보내고 불안한 마음이 들 수도 있지만 선우 엄마는 5년이라는 세월 동안 무슨 일이 있어도 웃는 얼굴로 교사를 존중하는 학부모였다. 이렇게 속앓이하면서도 막상 학교에 가면 활짝 웃으며 자기를 낮출 선우 엄마가 눈에 선했다.

애정을 기울인 내 제자를 가능성 어린 시선으로 바라봐 주면 좋겠다는 마음에 안타깝기도 했다. 그러나 선우 엄마의 아픈 마음을 받아 내다 어느 순간 나도 앓았다. 아픈 곳을 맞고 또 맞아 주저앉고 싶은 심정이었다. 내가 귀히 여기는 존재가 누군가에게 성가신 대상이 되는 모습을 바라보는 일은 서늘한 경험이었다. 사랑받는 존재에서 한순간 천덕꾸러기가 된 선우 얼굴에 엄마 얼굴이 겹쳐 보였고, 그 모습을 지켜보는 선우 엄마의 아픈 마음에 내 마음이 포개졌다.

재활 병원 입원 사흘 만에 더 나은 여건을 찾아 급히 전원한 엄마는 와상 환자 두 명이 있는 3인실로 배정됐다.

온종일 누워 지내는 환자이다 보니 별다른 움직임도 대화도 없이 간병인 두 사람만 곁을 지키고 있었다.

엄마는 병원 권고에 따라 욕창을 방지하려고 에어 매트를 사용했다. 왼팔 말고는 기능적인 움직임이 거의 없는 엄마가 밤에 잘 때면 유독 몸을 비틀고 뒤척였다. 그때마다 에어 매트에서 뽀드득뽀드득 소리가 났다. 다음 날 아침, 커튼을 걷고 아침 인사를 건네는데 간병인들 표정이 좋지 않았다. 너무 시끄러워 잠을 못 잤다고 했다. 한껏 사과하고 욕창 때문에 받은 처방이니 이해해 달라고 부탁했다. 그러나 다음 날도 그다음 날도 푸념하거나 눈치를 주기는 마찬가지였다. 그때부터 잠을 잘 수가 없었다. 틈틈이 자세를 고쳐 주고 대소변을 받아내느라 가뜩이나 선잠을 자는데 뽀드득 소리가 날 때마다 잠에서 깨 마음을 졸이거나 심하게 뒤척이는 엄마를 붙들었다. 그래도 간병인들은 아침마다 어김없이 같은 말을 했다. 낯선 환경에서 모든 것이 버거운데 밤이 오는 것마저 두려웠다.

낮에 자투리 시간이 생기면 보호자 수준에서 할 수 있는 인지 재활을 시도했다. 엄마 형제자매와 우리 가족들 이름을 따라 말하고 화이트보드에 따라 쓰게 한다거나 1부터 10까지 숫자를 알려 줬다. 그림 낱말 카드를 가져와서 엄마가 60년 넘게 쓴 그 흔하고 간단한 낱말들을 알려 줬다. 가방, 나비, 두부 등등. 인지 재활을 하는 이유를 모를 리 없는데도 간병인들은 그런 소리마저 시끄럽다고 했다. 이렇게 하는 이유를 설명하고 얼마 안 되는 자투리 시간을 활용할 수 있게 여러 차례 양해를 구했다.

"엄마한테 잘하는 건 알겠는데, 적당히 좀 하세요."

'적당히'라는 말은 휠체어 타고 내리기도 쉽지 않은 엄마를 데리고 자리를 피하라는 압박이었다. 나는 오로지 두 간병인이 통제하던 공간에 어느 날 불쑥 나타나 평화를 깨트리는 통제되지 않는 소음 유발자였다. 아무리 생각해도 부적절해 보이는 말을 너무도 인자하게 하니 혼자 속이 끓었다.

더는 참을 수 없어서 수간호사를 찾아갔다. 이곳이 간병인이 편하게 쉬고 잠자기 위한 곳인지 급성기 환자가 재활하러 오는 곳인지를 물었다. 에어 매트 소리가 시끄러워 힘들어도 간병인이 참고 이해해야 하는지 욕창이 생기든 말든 에어 매트를 빼거나 환자를 묶어 둬야 하는지 물었다. 한낮에도 간병인이 조용히 쉴 수 있게 환자와 보호자가 협조해야 하는지도 물었다. 수간호사는 간병인이 해서는 안 될 말이라며 조치하겠다고 했다. 간병인들은 나쁜 뜻이 아니라며 예의 인자한 미소로 사과하고는, 그때부터 커튼 뒤에서 크게 한숨을 쉬거나 일부러 물건을 탁탁 놓으며 인기척을 내기 시작했다. 가뜩이나 지친 마음이 요동쳐 결국 병실을 바꿨다.

새 병실에는 눈에 익은 병동 사람들이 있었다. 상당히 회복된 환자가 대부분이었다. 한 사람만 빼고 모두 보호자 간병이라 이해하는 폭이 넓겠지 생각하니 마음이 편해졌다. 인지 재활이 재미있다며 함께해 주기도 했다. 그러나 커튼을 걷자마자 원망 섞인 눈빛을 마주하는 일은 다음 날 아침도 다르지 않았다. 사과를 건넸다.

"우리가 참아야죠. 원래 병원은 푹 잘 수가 없는 공간이에요. 환자가 우선이 돼야죠. 괜찮아요."

다행히 간병인이 나서서 편을 들었고, 두 보호자는 마지못해 웃었다. 병실 안에서 더 잘 받아들여지고 싶어 나는 더 많이 친절을 베풀고 때로 하고 싶지 않은 대화도 기꺼이 나눴다. 엄마가 몸부림할 때마다 잠에서 깨어 소리를 줄이려고 애썼다. 그런데도 '엄마 때문에 잠을 못 잤다'는 뼈 있는 농담과 내 사과가 아침 인사처럼 반복되던 어느 날, 울컥한 마음을 참지 못하고 병실 밖으로 뛰쳐나갔다. 병원 한구석에 뒤돌아서서 어깨를 들썩이며 울었다. 순식간에 아기가 된 듯한 엄마를 보는 일도 아직 속상한데, 어디를 가나 환영받던 사람 좋은 엄마가 천덕꾸러기가 돼 마음이 더 아팠다. 뒤따라 나온 간병인이 위로해 줬고, 다음

날부터 두 보호자는 아침마다 우리에게 환하게 웃었다. 우리 병실은 손에 꼽히는 화기애애한 병실이 됐다.

나는 지식이 많은 사람이 바람직한 판단을 내리고 그런 지식으로 누군가를 도우리라고, 아픔을 경험한 사람이 다른 아픔을 보듬을 수 있으리라고 은연중에 기대했다. 재활 병원에 와서 보니 지식과 경험보다 공감과 이해가 우리 눈을 깊게 했다. 재활 병원은 비슷한 아픔을 헤아리는 공간인 동시에 내 아픔 때문에 타인의 아픔을 기다려 줄 여유가 없는 모순적 공간이었다.

그런 모순을 껴안으며 나는 애써야 했다. 병동 안 누구도 엄마에게 입을 댈 수 없게, 엄마가 받아들여지고, 나아가 환영받는 존재가 될 수 있게 나 자신을 검열하기 시작했다. 복도를 지나는 모든 이에게 마주칠 때마다 명랑한 인사를 건네고 먼저 다가가 친절을 베풀었다. 어르신들에게 딸처럼 말벗이 돼주기도 했다. 더 많이 부지런해져야 했고, 내 힘든 표정이나 감정 따위 더 깊은 곳으로 숨겨야만 했다. 마치 선우를 학교에 보낸 선우 엄마처럼.

휴직, 엄마 곁에 있기로 결심하다

"지금 그게 중요한 게 아니에요. 걸어야지. 이제는 인지는 포기해야 돼. 무조건 걸어야 돼. 시간 완전히 헛 보냈구만!"

대학 병원 외래가 있던 날, 표정이 무뚝뚝한 주치의가 퉁명스러운 말투로 호통치듯 말했다. 동생이 상황이 안 된다고 해서 마침 오전 수업이 없는 내가 급히 택시를 잡아타고 달려간 길이었다. 엄마 상태를 설명하는 내게 의사는 여지를 주지 않고 몰아붙이듯 말했다.

'인지는 포기해야 돼. 시간 완전히 헛 보냈구만.' 귓가를 때리듯 환청처럼 울리는 말에 휘청하며 겨우 진료실 문을 닫고 나왔다. 얼굴이 제멋대로 일그러지며 눈물이 확 쏟아졌다. 간호사가 위로해 줬지만, 따듯하게 등을 두드리던 기억만 날 뿐 어떤 말을 했는지 전혀 떠오르지 않았다.

'어떻게 인지를 포기해······.' 엄마는 아직 자기 이름도 잘 몰랐다. 하루에 몇 번을 알려 줘도 이름을 물을 때면 고개를 연신 갸우뚱하며 답답해했다. 병원을 가득 메운 사람들이 내 시야 밖에서 뭉개져 보이지 않았다. 누가 듣든 말든 보든 말든 어깨를 들썩이며 아이처럼 울면서 걸었다. 꺽꺽대며 하는 말을 원무과 직원이 어떻게 알아들었을까. 그렇게 진료비를 계산하고 약을 받아 다시 학교로 돌아왔다. 눈물을 닦고 아무 일도 없는 척 교실로 돌아와 앉으니, 그제야 머리가 차가워졌다. 결정을 내려야 했다.

대학 병원에서 재활 병원으로 전원한 뒤 낮에는 재활 병원 일정에 맞춰 재활 운동을 하고 아빠가 엄마 곁을 지켰다. 저녁부터는 주로 내가 맡았다. 연로한 아빠는 낮에 내내 병원에 있으니 쉬어야 했다. 결혼해서 다른 지역에 사는 작은 언니와 체격이 커서 보호자 침대가 불편할 동생은 제외했다. 게다가 동생은 막 취직한 터라 자리 잡을 시간이 필요하다고 판단했다. 체력 좋은 내가 더 많이 담당했고, 큰언니가 종종 교대했다. 퇴근길에 집에 들러 출근 준비를 한 뒤 다시 병원으로 가서 엄마를 돌봤다. 위생을 관리하고 병원 생활을 지원할 뿐 아니라 여러 교구를 활용해 인지를 자극했고, 옛날 사진을 놓고 이야기를 들려주며 변화를 살폈다. 특수 교사라는 직업 덕분에 나는 누구보다 이런 일에 더 유리했다. 엄마 수준에 맞는 목표를 세우고 언어적, 신체적 도움을 적절한 때에 줄 수 있었다. 그렇게 병원에서 자고 출근하는 생활이 한 달 반쯤 이어졌다.

우리 가족은 이 상황에 열심히 대응하고 있다고 생각했는데, 이내 충분하지 않다는 사실이 드러났다.

사실 이미 대안을 놓고 고민하던 차였다. 체격이 있는 엄마는 몸이 마비되자 무게가 상상을 초월했다. 상체를 일으켜 세우고 다리 하나를 들어 올리려 해도 기를 써야만 했다. 마비된 몸은 손가락 마디마디가 아파올 정도로 무겁고 버거웠다. 대소변 실수도 잦았다. 부지불식간에 떨어지는 대소변을 다른 사람들이 눈치채지 못하고 엄마가 속상해하지 않게 처리해야 했다. 소변 통도 사용하기 쉽지 않았다. 이런 급성기에는 아빠가 오래 버티기 힘들겠다고 판단했다. 평일 낮 병원을 들른 때 본 어느 보호자가 준 영향도 컸다. 점심을 먹고 부모님하고 병원 휴게실에서 이야기를 나누고 있을 때였다. 어머니를 간병하는 그 보호자는 다음 치료를 기다리며 매트 위에서 어머니에게 자가 운동을 시키고 있었다.

'아, 저기서 차이가 만들어지겠구나! 스케줄 없을 때 병실에 누워 쉬고 낮잠 자고 토막 짜기, 퍼즐 맞추기만 해서 될 일이 아니구나.'

이미 최대치를 해내고 있는 아빠에게 더 큰 몫을 요구할 수는 없으니 가족 중 누군가가 붙어야 한다고 생각했는데, 나는 그 사람이 나 아닌 다른 사람이면 했다. 치료가 길어지면 돈도 많이 필요할 테니 벌이가 조금이나마 나은 쪽이 일을 지속하는 게 나을 것 같았다. 내 월급을 나누면 어느 정도 생활을 도울 수 있겠다 싶었다. 더 큰 이유는 내 퇴근 시간이 이른 편이라 평일 교대도 할 수 있고 몇 달 뒤면 다가올 방학에는 내가 도맡을 수 있다고 생각했다.

그런데 벌이가 조금 적다는 이유로, 평생직장이 아니라는 이유로, 합리적이고 경제적이라는 이유로 간병을 권유할 수는 없었다. 나는 휴직이라는 선택지가 있지만 다른 가족에게는 퇴사가 될 수도 있다. 물론 나도 노력해 얻은 직업이지만 목표는 이뤘고 하고 싶은 일도 했다. 인생에서 얼마간은 엄마를 위해 살아볼 가치가 충분했다. 더군다나 누군가 엄마 옆에 있어야 한다는 데 다들 공감하면서도 선뜻 나서지 못하는 이유가 있다고 생각했다.

시간을 완전히 헛 보냈다는 호통이 다시 귓전을 때렸다. 이런저런 생각만 하고 있을 때가 아니었다. 엄마에게는 시간이 더 빠르게 흐르고 있었다. 적기를 놓쳐 엄마가 충분히 회복하지 못하면 더 오래 꽤 많이 힘들어질 가족 전체의 삶이 그려졌다.

"교장 선생님, 저 휴직하겠습니다."

바로 그날, 간병 휴직을 결정했다. 교장 선생님은 내 부재를 아쉬워하면서도 어쩔 수 없는 선택을 응원해 줬다.

마지막 출근 날, 운동을 힘들어하면서도 부쩍 반찬을 가리는 엄마 때문에 지각을 하고 말았다. 바쁜 와중에도 '오늘이 마지막이구나' 생각하니 눈물이 났다. 휴직하자는 결심은 매우 빠르고 확고했지만, 담담하고 담대한 선택에도 내 마음이 그랬다.

　　애살을 갖고 다닌 화실, 영어 회화 스터디, 놀이 연구 모임, 세계 일주 사진 모임, 좋아하는 공연, 이미 계획한 싱가포르, 상해, 코카서스 3국 여행도 내려놓았다. 쉴 틈 없이 몰아치는 낯선 상황에서도 정신 줄을 꽉 붙든 데는 특수 교사라는 내 일만큼은 끝까지 하고 싶은 마음이 컸다. 내가 내 일의 모든 것을 즐기는구나 하고 새삼 깨달았다. 새로 옮긴 학교에는 한 명 한 명 손이 많이 갈 중증 학생이 많았지만, 처음부터 애틋하게 정이 가는 아이들도 있었다. 관심 많고 협조적인 양육자들이 여럿이어서 함께 만들어 갈 무엇을 기대하며 설렜다. 어두침침한 구석이 아니라 밝고 활기찬 곳에 자리한 교실도 좋았고, 꿈에 그리던 여자 배구 드림팀이 있는 학교도 12년을 기다려 온 순간이었다.

　　그렇지만 무엇도 엄마를 우선할 수는 없었다. 이 모든 것을 내려놓고 엄마 곁에 있기로 한 결심은 잘한 결정이었다. 이제는 엄마에게 모든 에너지를 집중해 무엇을 어떻게 할지 고민하기로 했다.

재활 병원은 처음이라

삶을 옮겨온 자리는 커튼을 치면 한 평 남짓한 공간이었다. 어제까지의 내 삶이 벌써 아득하게 느껴졌다. 이제부터 내가 온전히 재활을 주도해야 했다. 흡사 전장으로 달려 나가는 결기 가득한 장수 같은 마음으로 첫날을 맞이했다.

가장 먼저 공간을 정비했다. 여유 공간에 꼭 맞는 틈새 서랍장을 사 넣고 침대머리에는 화실을 정리하면서 가져온 내 채색화를 두 점 걸었다. 마침 엄마가 좋아하는 꽃 그림이다. 엄마가 고른 그림도 있으면 좋을 듯해서 작품 엽서 몇 개를 보여 주니 창공을 나는 새 그림이 가장 마음에 든다고 했다. 엄마도 나도, 이 작은 공간 안에서 제대로 마음을 쉴 수 있기를 바랐다.

다음으로 기저귀 떼기를 시도했다. 무슨 일이든 한 단계 뛰어넘으려고 할 때는 변화에 따른 진통이 있다. 이제 온종일 엄마 곁을 지키게 됐으니 가장 먼저 도전할 만한 과제였다. 소변 통을 사용하는 요령이 부족해서 만일을 대비해 깔아 둔 기저귀 패드가 무색하게 자주 환자복이나 시트를 버렸다. 마비된 몸을 들어 올려 환자복을 내리고 소변을 받은 뒤 다시 끌어 올리는 과정은 꽤 힘들었다.

기저귀를 떼는 김에 빠르게 화장실을 이용하는 쪽이 낫겠다고 판단했다. 엄마 몸은 여전히 힘이 제대로 들어오지 않았다. 겨드랑이에 양팔을 넣어 엄마를 끌어안고 뒤춤을 끌어올리며 온몸을 써서 휠체어에 앉혔다. 좁은 화장실에서 변기로 옮기는 방법은 도통 알 수 없어 간호사에게 조언을 구하니 직접 시범을 보여 줬다. 그러나 긴장한 채 몸이 굳어 버린 환자를 옮겨 앉히는 일은 두 사람이 해도 버거웠다. 간호사는 아직은 화장실 이용이 어렵겠다고 말했다. 당연히 처음은 어렵다. 절차를 복기하며 요령을 고민한 뒤 담당 치료사하고 상의했다. 현재 운동 능력으로 충분히 가능하다는 말을 듣고는 화장실을 이용하기 시작했다.

화장실 이용은 소변 통보다 절차가 복잡하고 주의할 점도 많지만 엄마는 심리적으로 긍정적인 영향을 받았다. 변기에 옮겨 앉을 때 점점 다리에 힘이 들어가기 시작하는 모습도 눈에 보이기 시작했다. 밤중에는 내심 '이번만 소변 통을 이용하면 어떨까' 싶었지만 엄마는 어김없이 화장실에 가자고 했다. 재활 관점에서 좋은 현상이라고 판단했다.

재활 병원 급성기 치료는 물리치료사하고 일대일로 하는 운동 치료와 작업 치료, 마비된 근육에 전기 자극을 줘 움직임을 유도하는 전기 자극 치료(FES)가 각 2회, 기구 운동 2종을 포함하는데, 6개월이 지나면 점점 횟수가 줄어든다고 했다. 엄마는 언어 치료, 로봇 치료를 추가했고, 나는 치료사들하고 상의해 모든 치료 과정에 참여했다. 아이 대신 차라리 내가 아프고 만다던 양육자들 마음이 이렇지 않을까 싶을 만큼 지켜보기가 고통스러웠다. 그래도 꿋꿋이 자리를 지켰다. 엄마 상태가 무척 낯선 탓에 나는 마비 환자의 몸을 보는 치료사의 시선과 언어를 최대한 배워야 했다. 서툰 질문에도 정성껏 답해 준 치료사들 덕분에 엄마의 몸을 빠르게 파악하고 안전한 운동법을 배워 병동에서 활용할 수 있었다.

먹을거리도 신경 썼다. 매일 아침 은행을 까고, 마를 갈고, 초석잠, 노루궁뎅이버섯을 달여 물처럼 마셨다. 언니는 기력을 보강할 만한 반찬을 해 왔다. 나는 남은 반찬으로 대충 때웠다. 뭐라도 얼른 씹어 삼키면 그만이었다.

바쁜 병동 일과는 엄마가 잠든 뒤에도 쉬이 끝나지 않았다. 손이 마를 새가 없다는 진부한 표현은 어떤 시간을 사는 이에게는 다른 말을 찾을 수 없는 현실이었다. 병동 살림도 살림이라고 열심히 관리하려니 손 가는 일이 많았다. 급기야 급성 관절염에 걸렸다. 엄마가 기구 운동을 할 때 나는 파라핀 치료를 받았다. 그마저도 시간이 부족해 채 굳지 않은 파라핀을 뜯어내고 달려가는 일이 다반사였다. 치약 뚜껑만 열어도 마디마디 아픈 손으로 매일 엄마를 일으켜 세우고 들어 올리고 옮겼다.

재활 병원은 처음이라 고군분투하면서도 쾌활한 분위기에서 엄마를 자주 웃기려 애썼다. 그러지 않고서 이 생활을 오래 이어 나갈 방법을 알지 못했다. 사이좋은 모녀 지간이라며 좋아하는 사람도 있었지만, 누군가는 불편한 모양이었다.

"그만 좀 해라이! 뭐가 그래 좋노? 뭐가 그래 웃겨?"

살뜰하지만 무뚝뚝한 딸이 간병하는 노인 환자가 화장실에서 웃는 우리에게 별안간 소리를 질렀다. 잠깐 언쟁이 오갔는데, 다음날 수간호사가 나를 찾아왔다.

"보호자분, 혹시 어제 그 어르신께 사과를 좀 해주시면 안 될까요?"

"네? 잘못한 게 없는데 뭘 사과해야 하나요? 저도 너무 힘들어요."

나도 울고 싶지만 웃고 있는데, 누군가는 웃는 것도 문제라 하고 누군가는 웃은 일을 사과하라니, 정말 병원 생활 쉽지 않았다.

"어르신이 내내 컨디션이 안 좋아서 부탁을 좀 드립니다. 환자분이시다 보니 감정 조절이 잘 안 되시나 봅니다."

사과하기 너무 싫었지만, 수간호사가 부탁한 의도는 충분히 이해할 수 있었다. 엄마처럼 병 때문에 마음이 처져 있어 속상하겠다 싶었다. 지켜보는 딸도 마음이 어떨까 생각했다. 음료수 하나 들고 찾아갔다.

"안녕하세요. 어르신, 어제 많이 속상하셨죠? 안 그래도 힘드신데 제가 말대꾸해서 죄송해요. 그래도 기운 내서 잘 드시고 운동 열심히 하셔야 해요. 마음 푸세요."

어깨를 토닥여 주자 이내 얼굴이 활짝 피어났다. 어렵게 낸 마음이 무색하게 그 얼굴을 보는 내 마음도 편안해졌다. 그렇지만 병실로 되돌아오는 그 짧은 순간 어쩐지 조금 슬펐다. 누구 하나 아프고 힘들지 않은 사람이 없는 재활 병원, 다른 사람의 웃음이 참을 수 없이 부대끼고 힘든 상태란 어떤 마음일까? 조금 더 환자 마음을 이해해야 했다. 저렇게 얼굴이 활짝 피는데 사과 한마디가 뭐라고 속으로 시시비비를 따졌는지 모르겠다. 때로 옳고 그름보다 더 중요한 것이 있었다. 옳음보다 친절을 선택해야 하는 이 공간에서 나는 인생을 새롭게 배워야 했다.

보이지 않던 세계

재활 환자가 하는 기구 운동은 대개 기립대와 코끼리라고 부르는 수동 상하지 복합운동기구, 자전거로 진행된다. 기립대는 뇌졸중 환자들이 '서 있는 자세'를 경험하고 유지하면서 다리 근력과 균형 감각을 향상시키도록 돕는 기구다.

엄마가 기립대에 서 있던 그날은 벚꽃 망울이 움트는 이른 봄날 오전이었다. 재활치료실 창문은 아래쪽 절반은 시트지로 가려져 있고 위쪽만 투명했다. 턱을 살짝 들어 올려야 먼발치에 오가는 행인들이 보였고, 그렇지 않으면 바깥 날씨만 겨우 가늠할 수 있었다. 마치 창밖 큰길가를 멀쩡하게 걸어 다니는 사람들을, 바로 얼마 전까지 당신들이 누리던 일상을 보지 않는 편이 낫다는 듯.

시트지 없는 창을 통해 쏟아져 내리는 햇살을 받으며 엄마하고 이야기를 나누다가 두고 온 물건을 가지러 잠시 병실에 다녀오는 길이었다. 엄마가 재활치료실 안쪽 끝 기립대에 서 있었다. 무슨 생각을 하는지 고개를 살짝 왼쪽으로 들어 건물 사이로 드러난 하늘을 보고 있었다. 그 순간 나는 제자리에 멈춰 서서 그 공간을 둘러봤다.

엄마처럼 기립대에 뒤돌아 서서 생각에 잠긴 듯한 사람, 그 옆 코끼리에 앉아 마비가 있는 팔을 손잡이에 동여매고 달달달 페달을 밟는 사람, 치료사하고 일대일로 운동하느라 여념이 없는 사람, 고된 운동이 힘들다며 치료사에게 하소연하는 사람, 인지가 없어 그저 치료사가 움직여 주는 대로 누워만 있는 사람, 치료사가 몸을 만질 때마다 마치 염불처럼 욕설을 내뱉는 사람, 뇌손상 환자를 잘 이해하기 때문에 웃으며 욕설을 받아 넘기는 치료사.

소중한 일상을 되찾으려는 사람들의 모든 움직임이 아름다웠고 이내 애틋한 마음이 들었다. 생의 어느 시점에 마치 아기처럼 앉고 일어서는 일부터 다시 배워야 하는 불운을 갑작스레 마주한 이 많은 사람은 다 걸을 수 있게 될까? 아무 일도 없었다는 듯 일상으로 돌아갈 수 있을까? 그렇지 않다고 들었다. 그곳에서 지켜본 사람들도 그랬다. 1년이 지나도 제대로 걷지 못하는 사람이 많았다. 그런 사람들은 어디에서 살아가고 있을까?

엄마가 재활 병원에 입원한 뒤 거리를 지나다 보면 재활 병원과 요양 병원이 부쩍 눈에 들어온다. 그런 간판들이 그냥 성큼성큼 걸어 들어온다는 표현이 맞겠다. 여태껏 존재 자체를 의식할 수 없던 재활 병원과 요양 병원이 이렇게 많다면 병원 안에 환자들도 그만큼 많다는 뜻이다. 대개 온전히 일상으로 돌아가지 못하고 휠체어가 필요한 뇌병변 장애인이 되는데, 그 사람들은 다 어디에 있을까?

분명 존재하지만 내게 보이지 않던 세계가 보이기 시작하는 순간이었다. 내가 모르던 이 세계는 내가 인지하지 못하던 세월 동안 내 세계와 평행선을 유지하며 계속 이어져 왔다. 누군가는 치열하고, 누군가는 무기력하며, 누군가는 희망을 말하고, 누군가는 절망 속을 헤맸다. 어떤 이는 다시는 일상으로 되돌아가지 못해 병원에 남았고, 어떤 이는 변해 버린 자기 신체에 좌절하고 적응하다 기어이 일상으로 되돌아갔다.

'내 삶이 조금은 달라지겠구나.' 그때 직감했다. 그리고 궁금했다. 이 세계에서 엄마와 나는 빠져나갈 수 있을까? 엄마는 건강한 삶으로 온전히 돌아갈 수 있을까?

믿고 싶었다. 엄마는 아직 가능성이 많은 급성기 환자였다. 그저 최선을 다해 돕겠다고 다짐하며 봄날의 햇살에 감싸인 엄마 곁으로 성큼성큼 다가갔다. 영원히 평행선을 달릴 줄 알았는데 한순간 교통사고처럼 마주한 또 다른 세계 속으로.

3장

세상 속으로

슬기로운 병원 생활, 단단한 루틴의 힘

재활에 온전히 몰입하려고 수도권 지역 병원으로 가기로 결정했다. 새로운 병원에서 새로운 루틴을 만들었다. 새벽 다섯 시, 병동 매트에서 전신 스트레칭을 하고 엄마를 휠체어에 앉혀 병원 옥상으로 간다. 정해진 자리에 휠체어를 세우면 엄마는 균형을 잡고 일어선다. 주로 풍경이 좋거나 해가 뜨는 방향을 향한다. 입 모양을 정확하게 지켜 '아, 에, 이, 오, 우'를 한 음절씩 공들여 반복한다. 아주 천천히 한 음절 한 음절 입을 쫙쫙 벌리거나 오므리는 표정이 귀여운 나는 과장된 입 모양을 하고서 함께 낄낄거리기도 한다. 점점 빠르게 '아에이오우'를 반복한 뒤에는 큰 소리로 동요를 한 곡 부른다. 〈고향의 봄〉, 〈떴다 떴다 비행기〉, 〈옹달샘〉, 〈산바람 강바람〉 같은 동요로 돌림 노래를 한다. 마지막으로 저 멀리 부산까지 들릴 정도로 외친다.

"아아들아아아아, 일어났니이이이? 출근 잘하고오오오 좋오은 하루 보내애라아아."

탁 트인 공간에서 시원한 새벽 공기를 마시며 기분을 새롭게 하고 마비된 안면 근육을 풀어 주는 동시에 부산에 있을 그리운 아들을 생각한다. 엄마는 아들에게 안부를 전하고 나면 눈물을 글썽이거나 뿌듯해했다. 하루치 재활에 전념할 힘을 길어 올리는 시간이다.

고단한 병원 생활에서 엄마와 나를 지켜 준 것은 무엇일까 가끔 생각해 본다. 지금 와 돌아보면 병원에서 내 일상은 눈 뜬 직후부터 잠들기 전까지 거대한 루틴 속에 오차 없이 굴러갔다.

재활 운동 스케줄이 기본이다. 전신 스트레칭, 보행 훈련, 기립 훈련, 근력 운동, 언어 치료 등 자가 운동을 하루 일과 사이에 적절하게 배치했다. 시야가 트인 곳이나 꽃나무가 있는 곳에서 엄마하고 도란도란 이야기 나누며 심리 상태도 점검했다. 소일거리 하는 나를 기다리는 잠깐 동안 엄마는 침상에 앉아 퍼즐 맞추기, 색칠하기, 글쓰기 같은 소근육 운동과 조작 활동을 했다.

루틴은 활동에 제약이 많은 병원이라는 공간에서 남는 시간을 보내야 하는 고민을 덜어 주는 동시에 '엄마를 일상생활로 돌려보내기'라는 목표에 집중할 수 있게 해줬다. 매일 루틴을 지키다 보니 반복된 일상이 지루하거나 힘들기는커녕 도전하고 나아가며 성취감을 느낄 수 있게

아빠가 드라이기로 머리를 말려요.

1. 누가 드라이기로 머리를 말려요?
2. 아빠가 무엇으로 머리를 말려요?
3. 아빠가 드라이기로 무엇을 해요?

동란이가 신발 신기 전에 양말을 신어요.

1. 누가 신발 신기 전에 양말을 신어요?
2. 동란이가 언제 양말을 신어요?
3. 동란이가 신발 신기 전에 무엇을 해요?

진화가 찬장에서 접시를 꺼내요.

1. 누가 찬장에서 접시를 꺼내요?
2. 진화가 어디에서 접시를 꺼내요?
3. 진화가 무엇을 하고 있나요?

언어 - 범주어	2015 년	월	일	담당	

제시어	해당하는 것에 동그라미 하세요.			그 외 (제시어에 해당하는 것을 말하게 함)
절	가방	삼광사	단양	
	구인사	혈압	동명불원	
	백담사	세배	연필	
조리도구	뒤집개	머리띠	국자	
	지우개	후라이팬	원숭이	
	계량컵	식탁	사진	
도시	부산	한강	서울	
	광주	울산	무릎	
	어깨	낙동강	대전	

됐다.

새벽 다섯 시에 기상한 뒤 아침 식사 전까지 매트에서 간단한 스트레칭과 가벼운 운동을 한다. 오후에 한두 시간 여유가 생기면 매트에서 본격적으로 운동을 한다. 매주 토요일마다 여는 보호자 교육에도 적극 참여한다. 보호자 교육이나 치료실에서 배운 내용이나 치료사가 추천한 동작들을 활용해 엄마를 운동시킨다. 저녁을 먹고 나면 소화가 될 때까지 벽에 붙어 기립 훈련을 한다. 편마비 환자들은 안정적인 쪽으로 힘을 싣기 때문에 마비된 쪽으로 체중을 보내고 서 있기만 해도 운동이 된다. 기립 훈련을 충분히 한 다음 보행 훈련을 시작한다. 보행이 안정적으로 되지 않는 날은 매트 운동을 한다. 그러고 나면 혈액 순환을 돕기 위해 샤워와 족욕을 한 뒤 잠든다.

엄마와 나는 빡빡한 스케줄을 기를 쓰고 해냈다. 달려갈 곳이 있기 때문이었다. 누구 하나라도 힘에 부친다거나 하기 싫어했으면 가능하지 않았을 일이다.

주 2, 3회 언어 치료를 받았다. 병원마다 조금씩 다르지만 첫 재활 병원은 언어 치료실에 보호자도 들어갈 수 있었다. 나는 언어 치료사가 엄마의 현재 상태를 어떻게 파악하고 있으며 어떤 목표를 설정하고 무슨 자료를 활용하는지를 파악하고 흡수했다. 그리고 병동에서 반복 훈

련하거나 차용하거나 확장해 나갈 지점을 점검한 뒤 언어 치료사하고 상의했다. 단순한 참관이 아니라 절실한 마음으로 배우러 들어간 만큼 언어 치료사를 존중하고 진지한 태도로 임했다. 부담스러울 텐데도 치료 과정을 공개해 준 그 언어 치료사에게 지금도 감사한 마음이 크다.

발병 두 달 정도 지난 때 가족들 이름을 구분할 수 있게 된 엄마는 숫자, 요일, 색깔을 배우기 시작했다. 내가 학교에서 가르치는 아이들은 천천히 배우는 사람들이라 1부터 10까지 숫자를 아는 데 1년이 필요할 때도 있다. 열심히 하다가도 어떻게 더 쉽게 가르쳐야 하고 얼마나 더 반복해야 하나 싶은 마음이 들기도 한다. 가끔 너무 답답할 때는 볼멘소리를 쏟아내고 돌아서면서 부족한 나를 반성하기도 했다. 그러던 어느 날 아이가 숫자를 깨치면 그렇게 반갑고 뿌듯할 수 없었다.

"거봐, 할 수 있잖아. 안 되는 것 같아도 선생님 믿고 매일 꾸준히 하니까 되잖아. 다른 것도 마찬가지야. 꾸준히 하면 언젠가는 조금씩 나아져. 할 수 있어."

아이들도 표정이 상기된 채 말한다.

"어, 내가 할 수 있네?"

나는 반복의 힘을 믿기 때문에 누구보다 힘든 과정을 잘 견디는 편이다. 그렇지만 내가 학생들에게 가르치던 내용을 엄마에게 가르칠 날이 오리라고는 상상하지 못했다. 슬퍼지다가도 다음 숫자를 떠올리려 애쓰는 엄마를 보면 귀엽다고 생각했다. 그렇게 흔들리면서 매일 조금씩 나아 갔다. 인지는 그만 포기하라는 말 따위 신경 쓰지 않기로 했다.

엄마는 표현하고 싶은 단어가 떠오르지 않을 때면 자주 말을 더듬었다. 심할 때는 엄마의 목젖 언저리를 수차례 오르내리는 단어를 유추하는 나도 숨이 막히는 듯했다. 하고 싶은 말이 따로 있는데도 직전에 들은 단어를 반복해서 말하기도 했다. 입 밖으로 나온 단어를 듣고는 '그게 아닌데' 하고 답답해하면서 또다시 같은 말을 내뱉었다. 언어 치료사는 '보속(perseveration) 현상'이라고 했다.

가끔은 그런 엄마 때문에 크게 웃기도 했다. 내가 참외를 깎고 있으면 엄마는 말을 더듬다가 마침내 생각이 난 듯 툭 내뱉는다.

"내장은 빼고 주세요."

참외가 동물이라면 참외 씨는 내장이 맞다. 아주 그럴싸하다.

오늘은 어느 공원으로 가고 싶은지 묻는 말에 엄마는 자주 이렇게 답한다.

"벼룩 공원 가보까?"

거북 공원이다. 거북과 벼룩 사이에 놓인 상관관계는 아직 풀지 못했다.

발병한 뒤 1년 동안 저녁 시간 일부를 일정하게 언어 치료에 할애했다. 병동 내 구석진 자리를 찾아서 자료를 놓고 마주 앉았다. 필요할 때는 언어 치료 자료를 직접 만들었다. '범주어'처럼 반복 학습을 해야 하는 주제는 언어 치료사가 준 자료를 활용해 보조 자료를 만들었고, 일상생활하고 관련된 표현을 빠르게 익힐 수 있는 자료를 따로 만들기도 했다. 문제 속에 가족들 이름을 넣거나 우리가 함께한 경험을 더해 들려주면 엄마는 작게 웃었다. 문장에서 짧은 글로 범위를 점점 확장했다. 짧은 글은 엄마가 좋아하는 노래 가사를 활용했다. 엄마는 간혹 말을 더듬는 문제 빼고는 의사소통에 전혀 무리가 없을 정도로 회복했다.

엄마는 좌뇌 출혈로 오른쪽 편마비가 왔다. 오른손이 우세 손인 엄마가 일상생활을 불편함 없이 누리려면 왼손 기능을 우세 손만큼 끌어올리는 훈련이 반드시 필요했다. 처음에는 이것저것 되는 대로 쓰게 하다가 매일 꾸준하게 반복하기 쉽게 양식을 만들었다. 삼시 세끼 식단을 기록하고 간단하게 일기도 썼다. 매 끼니 먹은 음식을 기록하면서 인지 훈련을 겸했고, 하루 중 인상 깊은 일을 문장으로 표현하는 과정에서 뇌를 활용하고 심리적 안정도 찾기를 바랐다. 이 과정에서 자연스럽게 왼손 훈련도 할 수 있었다. 무엇을 써야 할지 힘들어하는 엄마를 위해 나중에는 골라 쓸 수 있게 7개 주제를 추가했다.

엄마는 우리하고 함께한 특별한 시간, 맛있게 먹은 음식, 가족에게 전하는 감사와 미안함, 건강하던 나날과 부모님을 향한 그리움, 지금 상황에 느끼는 답답함과 우울감, 치료가 만족스러운 날에 적은 감상을 글로 남겼다. 이런 과정을 거친 끝에 드디어 의사가 포기하라던 인지도 큰 문제 없이 회복됐다.

1992년 돌아가신 외할머니가 2017년에도 살아 있다고 느끼는 엄마. 입원한 지 2년째 되던 날, 엄마는 슬픈 일에 동그라미를 쳤다. 저 날 일기를 쓰며 슬퍼한 엄마를 떠올린다. 재활 말고도 여러모로 병원 갈 일이 많았던 엄마, 아버지 기일을 챙기지 못하는 엄마는 늘 미안한 마음이었다.

엄마와 내가 매일 몰입하던 반복의 시간, 그 루틴이 엄마를 어떤 부분에서 얼마나 더 나아지게 하고 어떤 변화를 불러온 건지 정확히 알 수는 없다. 그러나 분명 주어진 하루를 '잘' 버티는 힘이 돼 재활이라는 길고긴 여정을 지속하게 했다. 또한 결과가 어떻든 최선을 다해 하루를 꿈꾼 사실만으로 우리는 아름다웠으리라.

	2017 년 2 월 23 일 목 요일
	오늘 먹은 음식을 떠올려봅시다.
아침	밥, 국 (흑미밥, 호박무국) 반찬 1. 빨강고기 3. 미역줄기 2. 감자볶음 4. 김치 국물김치
점심	밥, 국 (흑미밥, 계란파국) 반찬 1. 돼지양배추 3. 쥬멀이 2. 풋마늘무김 4. 감치 국물 김치
저녁	밥, 국 (흑미밥, 무 뱅국) 반찬 1. 생선튀김 3. 멸치볶음 2. 미역무침 4. 김치 국물김치
	나의 생각과 느낌을 글로 적어 봅시다 ♡
	① 칭찬할 점 ② 반성할 점 ③ 꼭 기억할 것 ④ 나의 다짐 ⑤기쁘고 슬픈 일 등등

가동이 운동

' 선생님 시간에 책상아래 위어로
걸어보았다 위에서 아래로 왼발먼저
오른발걸으니 발이 힘이 많이가 좋다

	오늘 먹은 음식을 떠올려봅시다. 유 구월추인로		
아침	밥. 국 (흑미밥. 짬뽕우. 우동)		
	반찬 1. 생선 무조림	3. 돼지고기.	
	2. 숙주물	4. 김치	
점심	밥. 국 (흑미밥. 미더덕 된장국)		
	반찬 1. 무우나물	3. 탕수육	
	2. 오뎅볶음	4. 김치	
저녁	밥. 국 (오식)		
	반찬 1.	3.	
	2. 청국장과 보리밥	4. 김치	

하루를 마무리하며, 나의 생각과 느낌을 글로 적어 봅시다 ♡

문화의 날.
칭찬의 날.

친정엄마 제사 〈제우〉.
우리엄마가. 아직도 살아 잇는 느낌이다
돌아가셨지만 ·····

69

2017년 11월 27일. 월요일 맑음.

⑥ 서혁 춘열온

아침 : 흑미밥, 오뎅국.
　　　소고기양념, 두부, 숙주나물, 김치

점심 : 흑미밥, 감자된장국,
　　　우엉채볶음, 김치, 파란나물, 생선구이 청국장

저녁 : 흑미밥, 미역국,
　　　메추리알, 애기버섯, 닭고기, 감자당근, 김치, 청국장

☆ 청국장, 들깨기름 진짜로 고소하고 맛있다.

　진화가 늦게 꽃을 예쁜 노랑꽃을 꽂아주고 갔다.

　수현이가 사위가 숙직하고 부산 사돈집에 김장김치 가지고
　　우리집에도 사돈이 우리집에도 보내 주단다.

"나는 소수자야. 내 이야기 들어볼래?"

뇌출혈 발병 6개월이 지나면 회복 정도에 따라 장애 등록을 하게 된다. 엄마 사진이 박힌 복지 카드를 받아 들었다. 꽃분홍 티셔츠를 입고 평소 같지 않게 립스틱을 짙게 바른 채 미소 짓고 있는 엄마를 물끄러미 들여다봤다. 뇌병변 장애. 수십 년간 '엄마'와 '아내'로 살던 엄마가 예순 중반에 새로이 얻은 정체성은 뇌병변 장애인이었다.

장애인 혜택이 상세히 적힌 종잇장을 읽어 내려갔다. 가정 경제에 두루 보탬이 된다는 안내는 친절할수록 불친절했다. 가족을 위해 한평생 희생하다가 이제는 장애를 얻어 가족을 이롭게 한다니, 다 무슨 소용일까 싶었다.

아이를 장애인으로 등록할지 결정을 망설이는 학부모에게 등록을 적극적으로 권유한 일이 떠올랐다. 바꿀 수 없는 상황이라면 주어진 혜택을 최대한 활용해 아이에게 다양한 기회를 줘야 한다는 논리였다. 맞는 말일지 모르지만 체중을 실은 공감이 필요한 말이었다.

복지 카드를 만지작거리며 나는 박탈감을 느꼈다. 수십 년간 타고 오던 비장애인 열차가 엄마와 나를 바람 이는 벌판에 세워 두고 서둘러 떠나 버린 듯했다. 특수 교사인 내게 분명 낯익고 따뜻한 곳이어야 할 텐데, 막상 엄마가 등장하고 내가 그 곁에 서자 그렇게 낯설고 시릴 수가 없었다.

나는 어릴 때부터 체제에 순응하고 어른들이 건네는 기대를 충족시키면서 매사 기대를 받는 학생이었다. 부모에게 걱정을 끼치고 싶지 않은 아이가 품은 간절한 마음이자 인정 욕구였다. 선생님들의 시선이 반짝이는 내 눈에서 떠날 줄을 모르면 존재에 별빛이 내리는 듯했다. 그러나 그런 시선은 외국어고등학교에 입학한 첫날, 수석 입학자를 짝으로 맞이하면서 모조리 거둬졌다. 순식간에 주변으로 밀려나 아무도 주목하지 않는 존재가 된 나는 지축이 흔들리는 일에 버금갈 만큼 큰 충격을 받았다. 초등 교사라는 오랜 꿈을 접고 특수 교사로 방향을 선회한 계기도 열일곱 나이에 느낀 당혹감 때문이었다. 내 당혹감이 누군가에게는 별스럽지 않은 흔한 일상일지 모른다는 생각이 들었고, 누군가에게는 어쩐지 미안해졌다. 나처럼 주변부로 밀려난 존재의 편에 서서 시선을 맞추는 사람이 되겠다고 다짐했다.

그러나 선량한 비장애인으로서 장애인을 향한 배려와 관심에 동의하는 일과 장애인이 된 가족의 삶을 인정하고 받아들이는 일은 엄청나게 달랐다. 나는 영원히 절대다수의 편에 발붙이고 선 채 경계 밖에 있는 소수자를 위하는, 단지 윤리적인 존재이고 싶어한 사람일 뿐이라는 사실을 통감했다.

어느 신생 정당에 영입된 의사가 밝히는 포부를 보고 들었다. 단상에 올라 마이크에 대고 '저는 소수자입니다'라고 운을 떼우는 의사는 결연했다. 자기 고백에 가까운 예상을 벗어난 말에 '무슨 소수자? 설마 성 소수자?'라는 생각이 머리를 스쳤다. 동시에 참으로 편협한 노릇이라는 자기반성이 들면서 나 자신이 부끄럽고 못나 보였다. 세상에 소수자가 성 소수자밖에 없지는 않은데 말이다. 앎과 이해를 인식과 체득 수준으로 끌어올리려면 계속 노력해야겠구나 생각했다.

의사는 자기가 환자이자 여성인 소수자라고 당당히 말했다. 어떤 물음표가 뒤따를지 뻔히 예상할 수 있는데도 말이다. 평소 소수자를 의식하려고 조금이라도 노력하는 나에게 환자나 여성은 너무 흔해서 소수라고 할 수 있는지 의문이 들었다. 저 자리까지 올라간 사람을 소수자라고 말하기에는 가진 것이 많지 않을까 싶기도 했다. 제대로 여물지 못한 생각이었다. 세상은 건강한 사람을 기준으로 흘러간다. 여성 권익이 많이 향상되고 있다지만 여전히 여성이라서 겪는 차별이 일상에 스며 있다.

횡단보도에 서서 신호를 기다리다 문득 생각했다. 우리의 삶이 고통의 배틀일 필요가 있을까? 너와 나의 고통을 바닥까지 헤집어 점수를 매기고 최고 득점을 획득한 사람에게만 고통을 말할 자격을 줘야 할까?

그렇지 않다. 삶은 어느 시기에 누구에게나 고통이다. 가끔 자기 아픔을 써 내려가는 사람들의 글을 읽다가 '이 사람에 견주면 내 고통이 고통일까?' 싶어 글을 쓰지 못할 때가 있다. 삶은 결코 고통의 배틀이 아니다.

소수자라는 정체성도 마찬가지다. 우리는 누구나 저마다 사회적 좌표를 가지고 살아간다. 무수히 많은 조건들이 종횡으로 엮여 개인의 정체성을 만든다. 여성, 4년제 대졸자, 정규직, 특수 교사, 돌봄자, 장애인 가족, 사십대 1인 가구 등등. 나는 여성, 특수 교사, 돌봄자, 장애인 가족, 중년 1인 가구라는 점에서 이 사회의 소수자다. 각 정체성마다 소수자로서 느끼는 애환과 고통이 분명히 있다.

극단적으로 배척되는 소수자만이 소수자의 아픔에 목소리를 낼 수 있다는 생각은 오히려 소수자들의 입지와 사회적 공감을 축소시킬 수 있다.

'이런 점에서 나는 소수자야. 너도나도 어떤 면에서는 소수자야'라는 인식을 자연스럽게 공유할 때 오히려 소수자에 관한 사회적 담론이 자연스럽게 형성되고 변화 가능성이 더 빠르게 싹틀 거라고 생각한다.

"나는 소수자야. 내 이야기 한번 들어 볼래?"

스스럼없이 말하고 귀 기울일 수 있어야 한다. 그래서 우리 중 누군가가 어느 날 문득 소수자라 불리는 세계에 편입되더라도 그런 사건이 우리 존재를 뒤흔들지는 못하기를 바란다. 그런 변화가 세계가 부서지는 파국이 아니라 새로운 차원으로 나아가는 이동이자 또 다른 가능성이 되면 좋겠다.

어디나 사랑은 있다

"태형아, 어머니 주무시면 세탁실로 와서 누나 좀 도와줘!"

내일은 크리스마스이브, 내가 1년 중 가장 좋아하고 생일보다 더 설레는 날이다. 엄마를 일상생활로 돌려보내겠다는 일념으로 시작한 병원 생활을 나는 누구보다 즐겁게 열심히 해내고 있었다. 희망을 품고서 달려갈 목표가 있는 사람들은 대개 지치지 않는다. 내가 그랬다. 비록 병원이 삶의 전부인 나날이지만 크리스마스를 즐기지 못할 이유는 없다. 더군다나 살갑게 서로 위하며 지내는 병실 사람들과 엄마에게 크리스마스이브 하루만큼은 일상의 소소한 기쁨과 설렘을 누리게 해주고 싶었다.

원무과에 가서 컴퓨터와 프린터를 좀 쓰겠다고 부탁했다. 가랜드 파일과 눈송이 도안을 출력했다. 학교에서 아이들하고 함께 눈송이를 오릴 때는 세심하게 가위질을 해야 했는데, 인내할수록 섬세하고 아름답게 완성됐다. 아이들하고 할 때는 수준별로 도안을 섞었지만, 이번에는 난

이도 있고 예쁜 종류로 마음껏 준비했다.

　모두 잠든 밤, 병실에 불이 꺼지자 나는 세탁실로 갔다. 이내 태형이가 뒤따라 왔다. 뇌졸중 환자인 엄마를 간병하는 태형이는 부산에 있는 병원에서 처음 만났고, 종종 간병 정보를 공유하지만 데면데면하게 지냈다. 그러다 우리가 수도권 지역 병원으로 옮기자 고민 끝에 뒤따라왔다. 열성적으로 엄마를 돌본다는 공통점이 있던 우리는 친남매처럼 의지하며 힘든 간병 생활을 함께했다. 우리는 세탁실 건조기 위에 도안을 놓고 서서 간호사 스테이션에서 빌린 가위로 열심히 가위질했다. 하루치 피곤이 몰려와 어서 마무리하고 자야 하는 시간이지만, 넉살 좋은 동생하고 시답잖은 농담을 하다 보면 가위질마저 유희였다. 한참을 오린 다음 살금살금 병실로 들어가 조용히 테이프를 뜯고 가랜드와 눈송이를 적당한 간격으로 나눠 붙였다. 나도 그만 눈을 붙였다. 커튼을 열어젖힌 병실 사람들 얼굴에 피어날 행복한 미소를 꿈꾸면서.

　다음은 내 동생 차례다. 기훈이는 언뜻 보면 무뚝뚝한 상남자이지만 유머가 있고 섬세하다. 여자 친구에게 이벤트도 잘하고, 꽃을 좋아하는 엄마에게 특별한 날이 아니어도 종종 꽃을 선물하는 아이다. 기훈이는 제 몸에 맞는 산타 복장을 구해 입고 병실 사람들에게 줄 선물을 준비해서 올라왔다. 크리스마스 느낌이 물씬 나는 창을 보며 기분이 좋아진 병실 사람들이 화기애애하게 이야기를 나누며 아침 식사를 하고 있었다. 병원 복도가 잠시 웅성웅성하는가 싶더니 산타가 등장했다. 커다랗고 빨간 선물 꾸러미를 어깨에 둘러멘 산타는 덩치도 크고 배도 적당하게 나온 품이 영판 산타였다.

"허허허허. 메에리 크리스마스."

눈이 휘둥그레진 사람들은 어리둥절해하며 산타가 나눠 주는 선물을 받으며 행복해했다.

마지막으로 엄마 차례다. 두 손을 모아 공손하게 선물을 받은 엄마 앞에서 산타는 선글라스를 벗었다.

"어마어마, 이기 누고. 어머야, 기훈이 아이가."

병원에서 준비한 이벤트인 줄 알던 병실 사람들도 깜짝 놀라며 즐거워했고, 전혀 기대하지 못한 아들을 만난 엄마는 반가워서 눈물을 흘렸다. 이벤트는 대성공이었다.

한껏 흥이 오른 병실 사람들은 아침 식판을 정리해 놓고 한바탕 파티를 벌였다. 창가 쪽 이모님이 빨간 국자를 들고 선창하자 병실 환자들이 돌아가며 노래를 불렀다. 일어나 춤을 추는 사람도 있었다. 엄마도 질세라 일어서서 엉덩이를 흔들흔들, 팔을 좌우로 흔들흔들. 나는 그런 엄마가 균형을 잃지 않도록 곁에서 부축한 채 흔들흔들.

사랑은 어디에나 있다. 고통스러운 순간에도 일상은 이어지고, 우리는 그 일상을 살아 내야 한다. 이 세계를 알기 전 나는 생각했다. 누워서 눈만 깜빡이고 숨만 쉬는 삶은 산다고 할 수 있을까. 죽는 것보다 낫다고 할 수 있을까. 그러나 이곳에도 삶이 있었다. 똑같은 보통의 삶이. 다양한 방식으로 몸의 기능을 잃은 사람과 그 사람을 돌보는 보호자들이 그런 삶을 여전히 살아내고 있었다.

무엇 하나 혼자 할 수 없고 그저 웃어만 주는 거구의 아들인데 살아 있어서 정말 다행이라는 엄마, 좀처럼 나아지지 않는 몸 상태와 간병 스트레스에 악다구니하며 비수를 꽂고는 돌아서면 괴로워 가슴을 치는 보호자, 신혼에 쓰러진 충격과 상실감에 삶을 놓아 버리고 게임만 하는 아내와 그런 아내를 매일 같이 찾아와 따뜻하게 대하는 남편, 연로해서 딱히 뭘 하지도 못한 채 늘 옥신각신하지만 아내 곁을 꼭 지키는 할아버지.

그 사람들 앞에서 누가 '저 사람은 차라리'라고 말할 수 있을까. 자기 몫의 삶을 어떤 방식이든 살아 내고 있는 사람들에게 삶의 가치를 따지는 행동은 오만할 뿐 아니라 판단할 수 있는 영역을 뛰어넘는 일이라는 사실을 이제는 안다. 그 사람들이 일상의 소소한 기쁨을, 어디에나 존재하는 사랑을 발견하며 오래오래 행복하기를 바랄 뿐이다.

왼손으로 전한 진심

특별한 계획이 없어도 몽글몽글한 마음이 차오르는 크리스마스이브다. 병원이라는 내 삶터도, 정해진 재활 일정도 변함없이 해내야 하는 하루였다. 치료사하고 하는 재활 운동 일정 사이사이 기구 운동이 있다. 그 병원은 일대일 치료 시간에 보호자가 밖에서 대기해야 했지만, 기구 운동을 하는 공간은 보호자가 드나들 수는 있지만 반드시 환자하고 함께 있지 않아도 됐다. 그래서 환자가 기구 운동을 하는 시간에 보호자는 자유롭게 볼일을 보거나 쉴 수 있었다.

그러나 나는 필요하다는 판단이 들 때 치료사하고 협의해 재활 치료를 참관하면서 엄마의 현행 수준과 재활에 관한 정보를 얻었다. 기구 운동을 할 때도 항상 엄마 옆을 지켰다. 엄마가 기립대에 설 때는 콩 주머니를 만들어 마비된 오른쪽 손을 마사지하며 자극을 줬다. 코끼리를 탈때는 근력이 부족해 기구에 묶어 놔도 자꾸만 옆으로 벌어지고 마는 마비된 오른쪽 다리를 잡았다. 마비된 오른쪽 다리에 의식적으로 힘을 줘 페달을 밟을 수 있게 작은 소리로 구령을 붙였다.

자전거 운동 시간, 어김없이 자전거 옆에 의자를 가져다 놓고 앉았다. 치료사가 마비된 다리를 밴드로 묶어 고정했고, 나는 무릎 관절 부위가 벌어지지 않게 손가락 세 개로 살짝 보조했다. 벌어지는 다리를 지지하느라 힘을 너무 주면 미약한 힘으로 겨우 하는 엄마의 운동을 방해할 수 있으니 적절하게 힘 조절도 해야 한다. 조금 구부정한 자세를 유지하고 때때로 구령도 붙이고 대화도 나누는 30분 동안 얼굴은 웃고 있지만 사실 꽤 불편하고 힘이 든다.

"여어 내 오른쪽 주머니 꺼내 볼래?"

페달을 굴리던 엄마가 수줍은 듯 개구진 듯 알 수 없는 미소를 띠며 말했다. 의아했다.

"오른쪽?"

무심하게 되묻고 환자복 오른쪽 주머니에 손을 넣었다.

'도화지?'

빳빳한 종이가 대충 두어 번 접혀 있었는데, 접힌 채여도 크고 두터웠다. 스케치북에서 막 뜯은 듯 펀칭 자국이 더덜더덜 그대로 붙어 있었다.

"이게 뭐야?"

사랑하는 ~~현철~~

~~우리~~우리딸 진혁아

사랑한다

항상고맙다

2015. 12. 24일

오마니가

어디에서 구한 스케치북이고 뭐 하러 접어서 주머니에 넣고 다니나 싶어 물었다.

"함 볼래?"

엄마는 슬며시 올라가는 입꼬리를 붙잡으며 웃음을 참고 있었다.

별생각 없이 도화지를 펼친 나는 순간 울컥했다. 엄마가 왼손으로 삐뚤빼뚤 쓴 크리스마스카드였다. 엄마는 말한 단어를 또 말하고 정작 꺼내려는 단어는 생각해 내지 못하다가 다른 단어가 입 밖으로 나오면 놀라고 답답해했다. 글을 쓰면 이미 쓴 조사나 낱말을 반복해서 쓰거나 빠트리기 십상이었다. 이 카드를 쓰면서도 '아, 아, 아니다. 아닌데?' 하며 고개를 갸우뚱거리다 쓰고 지우기를 반복했고, 그런 흔적이 그대로 담겨 있었다. 사인펜 색을 바꿔 가며 하트도 그려 놓았다. 간신히 울컥하는 마음을 누른 채 어떻게 이런 걸 쓸 생각을 했느냐고, 정말 잘 썼다고, 고맙다고 말했다. 엄마는 부끄러운지 헤헤 소리 내어 웃었다. 엄마가 쓴 카드를 액자에 넣어 침대 옆 협탁에 뒀다. 벌써 10년이 지난 이야기다.

엄마는 그 뒤에도 크리스마스카드를 줬다. 주간보호센터에 잠시 다니던 때였다. 왼쪽에 있는 산타와 루돌프 도안은 여러 색으로 칠하고 오른쪽 빈칸에는 편지를 쓴

에이포(A4) 용지 한 장짜리 인쇄물이었다. 엄마는 내게 사랑을 전하고 건강을 빌었다. '못난 엄마가'라는 마지막 한 줄이 마음에 콕 박혔다. 엄마는 퇴원하고도 온갖 병원을 전전하는 당신, 일상생활의 많은 부분 지원이 필요한 당신 때문에 애쓰는 딸에게 미안한 마음이었나 보다.

"왜 엄마가 못났노, 얼마나 예쁜데."

웃으며 말했지만, 내 마음은 충분히 전하지 못했다.

올해 크리스마스에는 카드를 써야겠다. 아직도 이 삶을 온전히 받아들이지 못해서 스스로 자주 질문을 던지는 못난 딸이라 미안하다고, 응급실에서 엄마 손발이 따뜻해 다행이라며 감사해 눈물 짓던 그 마음을 잊고는 때때로 내 삶을 살아보겠다고 소홀해지는 딸이어서 미안하다고, 그러나 부족할지라도 언제까지 오마니 곁을 지킬 딸이라는 사실만큼은 변함없다고, 그렇게 카드를 써야겠다.

나를 전적으로 지지한 한 사람

초등학생 때 일이다. 공개 수업이 있는 날 아침이면 마음이 불편했다. 엄마를 참 좋아했지만, 뚱뚱한 엄마가 부끄럽기도 했다. 아이들이 분명 '누구 엄마다!' 할 테니 말이었다. 공개 수업 날 아이들이 으레 그렇듯 흘끔흘끔 뒤를 확인했다. 엄마가 왔다. 하얀 바지에 흰 무늬가 있는 짙푸른 블라우스를 입은 배 뚱뚱한 엄마가. 엄마하고 눈이 마주쳤다. 엄마는 활짝 웃어 줬지만 보았을 것이다. 내 얼굴에 비친 반가움과 반가움을 뚫고 나가는 부끄러움을 읽었을 테다. 엄마는 선생님하고 이야기를 나눈 뒤 서둘러 교실을 나갔다. 나는 엄마를 좋아하는 마음과 부끄러움, 엄마를 창피해하는 못난 내 모습 사이에서 울적했다. 내가 잘못하고 있다고 생각했다.

중학생 때도 그랬다. 엄마는 박봉인 외벌이 공무원 남편이 버는 돈으로 사남매를 키우면서도 우리 앞으로 대학 학자금을 모으고 온갖 보험을 들었다. 미래를 대비하는 딱 그만큼 우리 집 살림살이는 더 많이 팍팍해졌다. 엄마는 신문 배달을 시작했다.

짙푸른 색 통 넓은 오부 바지, 목이 늘어나 헐렁한 반소매 셔츠, 햇빛을 막아 줄 챙 넓은 모자, 목에 건 땀 닦을 수건, 굵어진 종아리, 바쁜 발걸음. 아직도 선명한 엄마 모습을 떠올리기만 해도 눈물이 나는데, 그런 엄마를 중학생인 나는 부끄러워했다.

엄마 배달 구역은 내가 다니던 중학교 언저리를 포함했다. 정문에서 오른쪽 길로 가면 간혹 엄마를 마주치고 직진하면 피할 수 있었다. 특정 요일에는 하교 시간과 엄마의 배달 시간이 겹쳤다. 그런 날에는 조마조마한 마음으로 집에 갔다.

'앗, 엄마다.'

분명 저 멀리 신문을 배달하는 엄마를 보고도 못 본 척 친구들하고 이야기하며 곧장 골목 아래로 내려갔다. '분명 엄마도 나를 보신 것 같은데……' 마음이 무거워지자 재잘대는 친구들 말이 들리지 않았다.

집에서 만난 엄마는 좀 전 일은 한마디도 하지 않고 평소처럼 다정하게 대했다. 못난 내가 다시 부끄러웠다. 많은 것에 완벽하려 하고 누구한테도 꿀리지 않고 싶던 그때 나는 엄마와 나에게 상처를 주면서 넉넉지 못한 가정환경을 감추고 싶었다.

고등학생 때는 중학생 때부터 시작된 방황이 본격화됐다. 그래 봤자 집에서는 아무도 모르게 내면의 지옥을 혼자 견디는 수준이었다. 야간 자율 학습 시간에 멍하게 앉아 조용히 눈물을 흘리거나 인적 드문 밤바다에 우두커니 앉아 있다가 막차를 타고 돌아오기도 했다. 고등학교 3학년이던 어느 날에는 마음이 너무 힘들어서 학교 가기가 싫었다.

"엄마, 오늘 하루만 학교 안 가고 싶은데 담임선생님한테 전화 좀 해주면 안 되나?"

학창 시절 내내 성실하고 열심이던 내가 무려 학교를 결석하겠다고 하자 엄마 눈빛이 흔들렸다. 이유를 묻던 엄마는 '그냥'이라는 내 말 한마디에 더는 묻지 않고 학교에 전화를 해줬다. 다행이라고 생각하면서 동시에 엄마를 걱정시키는 이런 일은 두 번 다시 안 해야지 하고 다짐했다.

"진화는 서울대 가야지!"

어릴 때부터 공부를 곧잘 하고 외고도 괜찮은 성적으로 입학한 나를 부모님과 친척들은 많이 기대했다. 특히 친가 친척들에게 나는 이미 서울대 재학생이나 다름없었다. 그런 말을 들으면 아빠는 '허, 허, 허' 하는 특유의 웃음으로 기뻐했고, 엄마도 내심 좋아했다.

외고에 진학한 뒤 방황하기 시작한 나는 좀처럼 공부에 집중하지 못했다. 이미 선행 학습을 마친 매사 여유 있는 집안 아이들을 보면 주눅이 들었다. 아슬아슬 유지하던 성적은 2학년 2학기부터 눈에 띄게 떨어졌고, 막판 따라잡기를 시도하지만 실패했다. 대학수학능력시험에서 다른 영역은 거의 만점까지 끌어 올렸지만, 수학은 처참한 수준이었다. 서울대학교는커녕 부산대학교도 커트라인 낮은 학과로 가서 원하는 과로 전과해야 할 판이었다.

그렇지만 더는 수험 생활을 하고 싶지 않고 가고 싶은 과를 에둘러 가기 싫던 나는 가고 싶은 과가 있고 친척도 사는 지방 국립 대학교에 진학했다. 부모님 눈치를 안 볼 수 없었는데, 신기할 만큼 아무런 말이 없었다. 아빠는 조금 실망한 듯했지만, 말을 아끼고 티 내지 않았다. 충분히 이해했다. 엄마는 어디든 내가 가고 싶은 곳으로 결정하라 했고, 고민 끝에 과를 찾아 지방 국립대로 간다고 하자 활짝 웃으면서 진심으로 축하했다. 이제 고생 끝이니 대학 생활 하면서 하고 싶은 일 많이 하라며 토닥토닥했다. '뭐지……진짜인가?' 그때 엄마의 표정과 말투는 진짜였다.

'부모 기대, 친척들 수군거림, 아무것도 아니야. 그러니까 네가 살고 싶은 대로 살아.'

엄마 속마음은 어떨지 몰라도 나는 이렇게 들렸다. 진

심이지만 다른 마음도 분명 있을 수 있었다. 그렇지만 전혀 내색하지 않고 철저하게 나를 전적으로 지지한 엄마와 아빠가 지금도 고맙다. 그때 경험이 내가 나로 당당하게 살게 된 시작이었다.

삶의 특별한 장면마다 묵묵히 믿고 기다리면서 나 스스로 성찰할 기회를 준 엄마. 숨고 싶은 입시 결과 앞에서 아무렇지 않은 척하느라 애쓰는 나를 당당하게 고개 들게 해준 엄마. 그런 엄마가 길에서 자꾸만 고개를 숙였다. 마비된 몸, 조금 일그러진 눈과 입, 자꾸만 더듬는 말. 그런 엄마가 이제는 전혀 부끄럽지 않은 내가 됐는데, 휠체어에 앉은 엄마는 인생에서 단 한 번도 상상한 적 없는 모습으로 다시 마주한 세상에서 자기 자신을 부끄러워했다.

고개 숙인 엄마의 뒷모습을 내려다보며 내가 해야 할 일을 깨달았다. 재활 운동. 언어 치료만큼 중요한 일이었다. 엄마가 자기 모습을 있는 그대로 받아들일 수 있는 용기에 더해 휠체어에 앉아서도 즐겁게 세상을 마주할 수 있는 단단한 마음을 얻고 다른 삶으로 나아갈 호기심을 이어 가려면 꼭 필요한 일이었다.

주말마다 병원을 벗어나 서울을 여행하기 시작했다. 휠체어로 가는 서울은 서울살이를 동경해 자주 찾던 내게도 낯설고 힘들었다. 그러나 엄마의 외출은 장애를 수긍한 채 이 세계에 적응하고 다시 삶을 긍정하는 과정인 동시에 조금 다른 환경이 필요한 사람들이 당신들 곁에서 함께 살아가고 있다는 사실을 알리는 일이기도 했다. 그래서 더욱 멈출 수 없는 이 외출을 계속하면서 나를 지지해 준 엄마를 나도 뜨겁게 지지하기로 다짐했다.

휠체어로 굴린 서울

엄마와 나는 절실하게 재활에 매달렸다. 재활 운동에 몰입해 시간을 촘촘히 쌓아 올린 지 1년, 우리의 세계는 병원으로 한껏 좁아져 있었다. 이제는 다른 재활 방식이 필요하다고 생각했다. 우리가 있는 곳은 서울이다. 그렇다. 병원 밖은 서울이었다. 보고 싶은 전시와 공연을 하나라도 놓칠세라 2, 3일 일정 속에 욱여넣던 서울. 그런 서울에서 엄마하고 오래 머물 기회가 얼마나 있을까? 한 주 동안 열심히 재활하는 만큼 주말이면 병원 밖에서 삶의 기쁨을 누리게 해주고 싶었다. 사람은 삶에서 마주하는 소소한 기쁨에 기대어 일어서기도 한다. 터널 끝에서 머뭇댈 때 틈새를 비집고 들어오는 한 줄기 빛, 어서 빛을 향해 오라고 내미는 손길을 엄마에게 찾아 주고 싶었다.

장애인 콜택시를 검색하고 이용자 등록을 했다. 배차 대기 시간이 길고 막연하다는 단점이 있지만, 휠체어를 탄 채 탑승해 저렴한 비용으로 서울 어디든 갈 수 있었다.

유쾌한 인생이여 오라! — 홍대 앞 〈난타〉

가장 먼저 선택한 곳은 홍대였다. 대표적인 논버벌 공연인 〈난타〉 전용 극장이 홍대에 있기 때문이었다. 공연은 잠시나마 암막 커튼 치듯 현실을 가려 꿈결 같은 시간으로 우리를 데려간다. 엄마하고 하는 첫 외출이 그런 시간이 됐으면 했다. 청력이 좋지 못한 엄마도 충분히 즐기고 유쾌해지기를 바랐다. 홍대 앞 분위기가 병원 생활하는 우리에게 박탈감을 줄까 잠시 걱정했지만, 젊은 열기를 오랜만에 느껴 보고 이곳이 서울에서 젊은 사람들이 많이 찾는 홍대라고 알려 주고 싶었다.

예상대로 엄마는 즐거워했다. 일상적 공간인 주방을 무대로 주방 기구를 악기 삼아 퍼포먼스를 펼치다 보니 엄마도 쉽게 몰입했다. 사방팔방 힘 있게 나리는 식자재를 보며 엄마는 내가 예상하지 못한 지점에서 쉴 새 없이 웃음을 터트렸다.

공연이 끝나고 홍대 앞에서 밥을 먹었다. 엄마는 왼손으로 싼 쌈이 어설퍼 보이는지 웃었다. 그러나 내 입에 쏙 들어온 엄마의 사랑은 전혀 어설프지 않았다. 하트 모양 소주잔에 사이다를 따라 건배도 했다. 청량한 소리를 내며 부딪치는 잔. 이제부터 우리의 재활이, 머지않아 되돌아갈 일상이 오늘 외출처럼 유쾌하기를 바라는 소망이 마치 출사표처럼 공기 중으로 퍼져 나갔다.

서울에서 외출한 곳 중 홍대에서 가장 많은 배려를 받았다. 엘리베이터 앞에 서면 기다리던 사람들이 엄마와 내가 먼저 탈 수 있게 홍해처럼 갈라졌다. 길을 갈 때도 마찬가지였다. 누군가 휠체어를 인지하고 주변 사람들끼리 시선을 나누는 순간 길이 트였다. 식당을 드나들며 몇 칸짜리 계단을 오르내릴 때도 마찬가지였다. 호기심 때문이 아니라 도와주고 싶어서 망설이는 눈빛들이 느껴졌다. 선뜻 다가와서 도와줘도 괜찮겠냐고 정중하게 묻는 학생들도 있었다. 괜히 번잡한 홍대로 왔나 하는 불안이 잦아들었다. 인디 뮤지션과 클럽으로 새겨진 홍대 이미지가 업데이트되는 순간이었다.

맞아, 엄마는 산을 좋아하지 — 관악산 무장애 숲길

'엄마가 여가를 보내기 가장 좋아하는 공간이 어디였지?' 오래 고민할 필요 없이 산이었다. 엄마는 꽃과 나무, 자연 속에서 행복을 느끼는 사람이다. 특히 산을 좋아했다. 함께 등산하는 남자들이 곧잘 혀를 내두를 정도로 산을 타는 엄마는 날렸다. 휴일이면 엄마를 따라 동네 뒷산에 오르기도 했는데, 귀찮아서 혼자 가라고 말한 날이 더 많았다. 뒤늦은 후회가 몰려왔다.

'두 발로 직접 오르는 기쁨에 못 미치더라도 산이 주는 초록과 사방을 조망하는 감각은 누릴 수 있지 않을까?' 엄마를 꼭 산에 데려가고 싶었다. 검색 끝에 관악산 무장애 숲길을 찾았다. 무장애 숲길은 보행 약자도 데크형 경사로를 따라 숲을 체험할 수 있게 조성한 길인데, 산을 부분적으로 체험할 수 있는 순환형과 정상에 올라 전체를 조망할 수 있는 등반형으로 나뉜다. 관악산 무장애 숲길은 순환형에 등반형이 어우러진 곳이었다. 어쨌거나 무장애 숲길 정상에서 서울 시내를 조망할 수 있다니 앞뒤 재지 않고 가기로 결정했다. 등산 가자는 내 말에 엄마의 눈이 휘둥그레졌다. 휠체어로 어떻게 여기를 가느냐는 콜택시 기사가 건네는 염려 섞인 응원을 받으며 관악산 입구에 내렸다.

때는 초여름이었다. 아무리 경사가 8퍼센트 미만이라지만 수동 휠체어를 미는 나에게는 난관이었다. 휠체어에 엄마 몸무게를 합치면 80킬로그램을 웃돌았다. 엄마에게 산 정상을 보여주겠다는 일념에 휠체어를 밀고 또 밀어 올렸다. 출발한 지 얼마 지나지 않아 온몸에 땀이 배어 나오고 얼굴은 열기로 욱신거렸다. 고개를 들어 보면 꺾이고 꺾인 채 계속해서 이어지는 경사로의 위엄! 차라리 고개를 숙여 발밑만 보는 쪽이 나았다. 이제 와 포기할 수도, 그렇다고 앉아서 울 수도 없으니 연신 소리 내어 웃었다. 힘들수록 요란한 기합 소리를 내면서 깔깔댔고, 엄마는 내 웃음소리에 웃었고, 나는 다시 엄마 웃음을 따라 웃었다. 그러자 흘깃 쳐다보거나 칭찬하고 지나는 대신 잠깐이나마 도와주는 사람들이 나타나기 시작했다.

"제가 저 앞까지만이라도 밀어 드릴게요!"

한여름 냉수처럼 청량한 한마디를 십시일반 삼아 결국 정상에 올랐다. 믿어지지가 않았다. 다시는 오를 수 없으리라 여긴 산 정상에 엄마하고 함께 섰다. 서울 시내를 내려다보며 한참을 서 있었다. 몇 번이나 속이 후련하다고 되뇌는 엄마는 어떤 기분일까? 엄마 옆에서 가만히 엄마가 돼 봤다. 전국에 있는 무장애 숲길을 엄마하고 함께 다니고 싶다는 바람을 품고, 이제는 저 먼저 쌩쌩 내달리는 휠체어를 붙잡아 속도를 조절하며 산에서 내려왔다.

보행 약자를 위한 무장애 숲길에 감사했다. 산을 오르지 못한다고 여기던 사람도 산에 갈 수 있는 이런 아이디어가 일상에서 가득해지면 누구나 다양한 즐거움을 누릴 수 있겠다 싶었다.

한편으로 누구나 즐길 수 있는 무장애 숲길에서 '누구나'를 생각했다. 정확히 말하면 전동 휠체어를 이용하는 장애인이나 수동 휠체어를 밀어 올릴 수 있는 악과 깡을 지닌 보호자를 둔 장애인이다. 비장애인들은 완만한 경사로면 장애인도 쉽게 이용할 수 있다고 생각한다. 그러나 수동 휠체어로 오르기 힘든 길이었다.

'누구나'의 경계 밖에도 보편적인 언어와 인식 밖으로 밀려난 '누구'는 얼마든지 있었다. 세상에는 대체 얼마나 많은 다양성이 존재하고 있을까?

꽃 같은 엄마를 위해 ─ 중랑천 장미축제

중랑천? 생소한 곳이다. 중랑천에서 장미축제가 열린다니 꽃을 좋아하는 모녀가 떠날 주말 산책으로 제격이었다. 정확히 어디쯤에서 축제가 열리는지 몰라 물어물어 한참을 걸어갔다. 장미는 둑길 한쪽에 활짝 피어 있었고, 둑길을 중심으로 반대편으로 내려가면 부대 행사가 마련돼 있었다. 장미꽃에 한창 취해 있다가 한지 공예 체험 부스에서 꽃신을 만들었다. 엄마는 서툰 왼손으로 열심히 한지를 붙였다. 디테일은 좀 떨어지지만 뭐 어떤가.

"우와, 예쁘다. 한 손으로도 어쩜 이렇게 잘 만들었을까? 엄마, 우리 퇴원하면 이 꽃신 신고 놀러 많이 다니자."

신생아 발은 들어갈까 싶게 작은 종이 꽃신을 보며 농담을 던지니 엄마는 그러자고 응수하며 웃음을 터트렸다. 순간 웃는 엄마를 아득히 바라본다.

'혼신의 힘을 다해 피어나는 우리 엄마야말로 한 송이 꽃이구나!' 가느다란 제 몸을 한껏 펼쳐 하늘을 떠받치는 꽃은 자기 확신이다. 일흔이 다 된 '다른 몸'으로 이 세계를 살아가야 하는 엄마는 젊은 환자보다 더 일찍 일어나고 더 늦게 잠들면서 운동에 매진한다. 번잡한 축제장에 우리 자리를 만들려고 찾아왔다. 수없는 턱과 요철에 덜컹대는 휠체어, 급경사인 둑길, 곳곳에 가로막힌 경사로, 늘 쉽지 않은 화장실, 건강한 몸에 견줘 몇 배가 되는 준비 단계와 예기치 못한 돌발 상황들.

그래도 우리는 밖으로 나간다. 꽃 피우는 일은 두려움이나 절망 뒤에 숨어 아무것도 하지 않는 일보다 몇 배는 어렵다. 주어진 상황과 시간 속에서 있는 힘껏 꽃 피우려고 한다.

도움이나 배려가 필요할 때는 적극적으로 구하기 시작했다. 도와 보는 경험을 한 사람들은 '다른 몸'을 이해할 수 있게 되고 내면에서 뭔가 피어날 수도 있다. 무장애 숲길 같은 아이디어가 앞 다퉈 피어나는 상상을 한다. 장애가 단지 '다름'이자 '고유성'이라는 사실이 상식이 되는 사회를 그리며 복직까지 남은 날을 헤아려 본다. 결과를 장담할 수 없겠지만 두려움보다 강한 자기 확신이라는 꽃을 피우며 엄마 옆에서 시간을 쌓아 올리기로 한다.

강점을 활용한 기능적 걷기 — 예술의전당

공연을 좋아한다. 사느라 바쁘던 엄마에게도 섬세한 감수성과 무용한 것들에 감응할 줄 아는 마음이 있다는 사실을 문득문득 깨달았다. 〈난타〉를 보는 엄마의 옆얼굴이 얼마나 반짝이던지.

더 많은 공연을 함께 보고 싶지만 엄마는 청력이 좋지 않다. 익숙한 가족 목소리가 아니면 청력 약자의 특성을 알고 배려하며 말하지 않는 한 사람들하고 소통이 힘들다. 공연장에 울리는 대사나 가사를 분명하게 알아듣기 힘들었다.

청력이 약한 엄마는 대신 시력이 뛰어나다. 눈으로 사물과 사람을 찬찬히 깊이 바라본다. 입 모양을 읽어 대화 분위기를 빠르게 파악하면서 미세한 차이를 구별하고 곧잘 기억한다. 그렇다면 엄마의 약점을 부각하지 않는 대신 강점을 살릴 수 있는 문화생활이 있을지 고민했다.

예술의전당에서 하는 발레 〈심청〉을 보러 갔다. 움직이는 발레리나들이 만들어 내는 유려하고 힘찬 곡선미를 감상하기만 해도 충분히 가치 있다고 생각했다. 중간중간 졸던 나하고 다르게 엄마는 시종일관 집중했다.

예술의전당에서 한 전시 '샤갈 달리 뷔페 전'도 봤다. 엄마는 미술관 관람이 처음이었다. 어떻게 하면 엄마가 전시를 잘 즐길 수 있을까? 내가 처음 그림에 다가간 방식대로 마르크 샤갈, 살바도르 달리, 베르나르 뷔페의 화풍을 구별할 수 있게 안내하고 자유롭게 관람하게 했다. 엄마는 지팡이를 짚고 찬찬히 걸으며 그림을 유심히 들여다봤다. 나는 주변 관람객들하고 거리를 일정하게 조절하다가 적절한 시점에 오디오 가이드에서 나오는 내용을 요약해 들려줬다. 엄마는 연신 고개를 끄덕끄덕했다. 특히 샤갈 그림 속에 등장하는 두 발이 붕 뜬 채 유영하는 인물을 좋아했다. 자유롭게 공간을 유영하는 상상을 하면서 장애를 잠시나마 잊었을 듯하다.

이날 재활 방향에 큰 힌트를 얻었다. 전시를 보면서 꽤 긴 시간 보행 훈련을 할 수 있었다. 걸음걸이에만 온 신경을 집중하는 대신 한 그림에서 다음 그림으로 나아가는 매우 자연스러운 과정이었다.

한 차원 나아가는 재활이란 일상 과업을 수행하는 과정에서 시도돼야 했다. 지금도 박물관이나 전시장을 자주 찾는다. 엄마가 지닌 강점인 시력을 충분히 활용해 인지와 감각을 자극하는 여가 생활이자 유산소 운동이다. 날씨에 구애받지 않고 많은 비용이 들지도 않는다. 보행 훈련이 필요한 사람에게 박물관이나 전시장을 적극 추천한다.

엄마가 그리워하는 것 — 가락시장

여행할 때면 지역 재래시장을 곧잘 찾는다. 그 지역 사람들이 무엇을 사고팔고 먹는지 어떤 언어를 쓰는지 보고 듣는 재미가 있다. 더 큰 이유는 생기 때문이다. 시장은 하루치 삶을 열심히 살아가는 상인들하고 가족이나 자기를 잘 먹이고 보살피려는 사람들이 교차하는 곳이다.

엄마는 새벽같이 광안리에 운동하러 가서는 막 되돌아온 고기잡이배에서 신선한 활어를 사왔다. 가끔 집에서 먼 자갈치시장에 가서 생선과 해산물을 바리바리 사 들고 오기도 했다. 우리를 먹이려고 펄떡이는 생선을 흥정하고 무겁게 가져오는 옛 모습, 엄마가 엄마로 살던 평온한 날들, 그런 그리움을 되살릴 수 있는 곳을 찾았다.

가락시장에 갔다. 농수산물 종합 도매 시장인 그곳은 우리가 마지막으로 머문 병원에서 가까웠다. 가락시장은 매우 컸다. 발길 닿는 대로 구경하다 수산물시장에 다다랐다. 깨끗한 수조 속을 유영하는 활어들, 물빛을 생생하게 반짝이는 조개류와 갑각류가 가득했다. 엄마와 나는 한판 흥정 끝에 활어와 조개류를 먹고 돌아왔다. 랍스터나 킹크랩을 쪄서 배달해 준다는 사실도 알았다. 시장 구경이 재미있어서 몇 번 더 가락시장을 찾았고, 랍스터를 병동으로 배달시켜 특식으로 먹기도 했다. 반복되는 일상에서 지치지 않게 해주는 쏠쏠한 재미였다.

일상 속 걷기 – 광화문광장, 올림픽공원

내 사심을 가득 담은 외출도 있었다. 사라 브라이트만 내한 공연 소식이 들려왔다. 유명한 뮤지컬 넘버 〈오페라의 유령〉 때문에 사라 브라이트만을 좋아하게 된 나는 공연 때마다 서울과 부산 가리지 않고 찾아갔는데, 번번이 혼자였다. 소중한 사람이 생기면 손 붙잡고 가서 봐야지 했는데, 엄마랑 함께 가면 좋을 듯했다.

공연은 올림픽 체조 경기장에서 열렸다. 여유 있게 도착했다. 엄마는 공원 입구에 있는 거대한 오륜기와 날갯짓하는 듯한 88올림픽기념탑, 나란히 도열한 만국기를 보며 함박웃음을 지었다. 1980년대가 떠오르는 향수 때문일까, 엄마는 그곳을 좀 걷자고 했다. 평소하고 다르게 많이 긴장하지 않고 활짝 웃으며 걸었다. 사심 가득한 공연보다 우리가 함께 걷는 순간이 더 선명하게 남았다. 대단한 외출이 아니더라도 주말마다 보행 훈련 장소를 바깥으로 옮겼다. 올림픽공원, 광화문광장, 석촌호수, 병원 근처 공원, 백화점, 마트까지. 일상의 공간에서 걷는 엄마는 심리적으로 덜 힘들어 했고, 장소가 바뀌면서 대화 소재가 풍부해진 덕분에 나는 엄마를 더 풍성하게 이해할 수 있었다.

인생이란 무대 위에서 춤을 — 뮤지컬 〈맘마미아〉

뮤지컬 〈맘마미아〉 현수막이 길가에 펄럭인다. 런던에서 〈맘마미아〉를 처음 본 때가 떠올랐다. 〈댄싱퀸〉이 흘러나오고 모든 관객이 일어나 배우들하고 함께 춤을 췄다. 그때 춤추듯 인생을 살고 싶어서, 산다는 게 아름답게 느껴져서 눈물이 났다.

〈맘마미아〉를 예약했다. 장소는 샤롯데씨어터, 드레스코드는 분홍이다. 엄마에게 분홍색 재킷을 골라준 뒤 같은 빛깔 스카프를 예쁘게 매어 주고, 소복이 나린 눈발 같은 머리에는 반짝이는 핀을 꽂아 줬다. 나는 커다란 리본이 달린 분홍색 줄무늬 셔츠를 입었다. 잠실에 미리 도착해 롯데월드타워에서 밥을 먹고 석촌호수가 내려다보이는 카페에서 차도 마셨다. 호숫가에 가득한 철쭉 무더기 앞에 앉아 지나가는 사람들도 보고 무리에 자연스레 섞여 조심스러운 산책도 했다.

오리지널 뮤지컬은 원어를 몰라도 스토리와 맥락만 알면 충분히 즐길 수 있었다. 엄마는 화려한 의상과 춤, 신나는 음악에 빠져들었다. 공연장에는 연인들도 많았지만, 부모님 모시고 온 자녀나 중년 모임이 더 많았다. 아바에게 향수가 있는 사람들도 있을 테고, 삶에 한 조각 유쾌한 위로와 희망이 필요해서 온 사람도 있을 테다.

나는 그랬다. 인생이라는 파도에 비틀대기보다 차라리 어설픈 춤을 추겠다고 선택했다. 설레는 마음으로 매일 무대 의상을 갖춰 입고 관객에게 멋진 하루를 선사하는 배우들처럼 열정적으로 살아내겠다고 다짐했다. 우리 삶은 매일이 축제다. 매일 즐거운 일이 가득해서 축제라는 말이 아니다. 무대 위에서 벌어지는 모든 시퀀스의 합이 한 편의 뮤지컬이듯, 우리에게 일어나는 모든 일의 합이 곧 살아 있다는 축복이기 때문이다.

엄마의 마음속에 오늘 하루가 어떤 장면으로 떠오르는지 굳이 묻지 않았다. 다만 그날 외출이 병원에서 지내는 일상의 소중한 장면으로 남아 삶을 온전히 살아가는 힘이 되기를 기도했다.

똘래똘래 세상을 마주하다

엄마는 더는 고개 숙이지 않는다. 엄마 뒤통수만 봐도 '똘래똘래' 세상을 마주하는 호기심 가득한 눈빛을 읽을 수 있었다. 팝콘처럼 터지는 웃음도 늘었다. 듣는 사람이 더 설레는 웃음이었다. 그러면 나는 힘이 솟아 지치지 않고 휠체어를 밀 수 있었다. 휠체어로 가는 모든 길이 초행길이었다. 이미 아는 곳도 완전히 새로운 시각으로 접근해야 했다. 휠체어가 갈 수 있는 길인지, 엄마의 잔존 보행 능력으로 넘을 수 있는 장애물인지, 우리가 함께하면 넘을 수 있는지, 타인의 손을 빌려 건너야 하는지, 우리 사회에 개입과 노력을 촉구해야 할 영역인지.

진땀을 흘린 적도 여러 번, 이따금 목소리 높이고 때로는 서러움을 삼켰다. 그러는 사이 나는 전략적인 사람, 싸우는 사람이 돼 있었다. 가벼운 마음으로 외출을 나서면 결코 엄마의 웃음을 지킬 수가 없다. 처음부터 끝까지 철저히 확인하고 준비하지 않으면 눈앞에 주어진 문제를 해결하느라 좌충우돌하다가 엄마도 나도 지쳐서 다음을 기약할 동력을 좀먹기도 했다.

6개월에 걸쳐 휠체어로 굴린 서울은 비장애인을 중심으로 설계된 환경 속에서 장애인이 대응할 방법을 찾고 적응하는 과정이었다. 이 사회가 수동 휠체어를 이용하는 장애인에게 부지불식간에 던져 놓은 질문, 정확히 말하면 강요된 질문에 엄마와 나는 열심히 답한 셈이다. 동시에 나는 물었다. 장애가 있는 사람이라고 산을 오르는 기쁨을, 철 따라 피고 지는 꽃의 아름다움을 알지 못할까? 좋은 문화를 누리고 싶은 욕구를, 사람들 속에 섞여 복닥대는 일상의 기쁨을 알지 못할까? 소망했다. 우리가 하는 외출이 사람들에게 질문이 되기를, 사람들도 기꺼이 이 질문에 답해 주기를.

2부

별것 없어도 반짝이는 우리의 일상

4장

어둠 속에서도 나아가야만 해

폭탄선언

"나를 이제 그만 버려 도."

짐작했지만 폭탄 같은 발언이었다. 아빠는 지금 집을 나가겠다고 에둘러 선포한 셈이다. '올 것이 왔구나…….' 동생과 짧게 눈빛을 교환하는 동시에 심장이 차갑게 쿵 내려앉았다. 때로는 그런 쪽이 훨씬 낫다고 믿으며 예상한 일이지만, 막상 현실이 되는 순간 집채만 한 파도가 덮쳐오듯 두려움이 엄습했다. 엄마가 낮 동안 안전하게 혼자 지낼 준비를 해야 한다. 아빠 거처도 마련해야 한다. 이 모든 일이 내 몫이 된다. 어디부터 풀어야 할지 한숨조차 쉴 수 없다. 정신 바짝 차리고 이 상황을 잘 마무리해야 한다.

엄마가 퇴원하고 일상 복귀를 시작한 2017년 12월 24일부터 아빠는 우리가 일하는 평일 낮 동안 엄마를 돌보며 시간을 보냈다. 휠체어 다니기 편하고 노인들 살기 좋다는 이유 때문에 연고 없는 김해로 거주지를 옮긴 뒤, 나는 부모님이 하루 동안 시간을 잘 쓸 수 있게 프로그램을 짰다. 백화점 문화센터 노래 교실, 요리 수업. 복지관 노인대학, 재활 병원, 보건소 재활 치료, 공원까지 문화, 편의, 복지 시설을 뒤졌다. 동선과 휠체어 접근성, 도보 접근성 등을 두루 따져 요일별로 프로그램을 짰고, 일일이 담당자에게 상담해 배려를 부탁했다.

아빠는 이 일정을 의욕적으로 지켰다. 그렇지만 휠체어를 밀고 안전을 신경 쓰며 바깥 활동을 하는 일은 힘들다. 상황에 따라 조율하면서 많은 부분이 처음 계획하고 달라졌다. 익숙지 않은 살림에 힘들어하는 아빠에게 일을 시키기가 답답하다는 엄마를 위해 방문 요양 서비스를 하루 세 시간 정도 받아보기도 했지만, 요양 보호사와 아빠, 엄마 사이에 묘한 삼자 불협화음이 일어났다. 유예 기간이나 조율 과정도 없이 일방적인 통보로 계약이 깨지는 제도적 허점에 더없이 지치고 말았다.

일이 많은 집이다, 휠체어 밀기가 힘들다, 산책시킬 때 부축하니 팔이 아프다, 운동 기구에 앉혀 달라는데 위험해서 못 하겠다 등등 다양한 이유로 근무를 시작한 지 한두 주, 심할 때면 하루나 이틀 만에도 일방적으로 통보하고 나오지 않았다. 전화 한 통에 한바탕 회오리를 맞닥뜨리게 되는 우리는 후임자를 구할 때까지만이라도 기다려 주면 감사했다. 결국 아빠는 자기가 세 시간 더 고생할 테니 마음이 편한 쪽을 택하자고 했다. 아빠는 최선을 다했지만, 최선을 다하려는 마음이 모든 일을 해결해 주지는 못했다.

언제부터 돌봄에 지친 아빠는 다시 술로 스트레스를 풀기 시작했다. 우리 세대 아버지들이 그렇듯 아빠도 감정 표현이 익숙하지 않았다. 아들딸이 최선을 다하고 있는 상황을 아는 처지에서 힘들다는 말로 신경 쓰이게 하고 싶지 않다는 마음으로 하루 일과를 끝낸 저녁이면 탁주나 소주에 부실한 안주를 곁들여 홀짝이는 날들이 잦아졌다.

"힘들다 싶으면 아들, 딸 누구든 호출만 하세요. 기훈이랑 저 둘 중 누구든 바로 달려올게요."

여러 차례 부탁하는데도 아빠는 일하는 자식들에게 폐 끼치고 싶지 않아 최대한 참아 볼 요량으로 버티다가 적절한 시점을 매번 놓치고 말았다. 자식들을 위한 배려와 책임감이 문제를 더 심각하게 만든 셈이었다.

술은 문제를 해결하지 못한다. 감정만 격하게 만들 뿐이다. 아빠가 이성을 잃고 폭발하는 날이 점점 늘어났다. 안에서 곪은 생각과 피해 의식은 취중에 눈덩이처럼 불어나 터져 나왔다. 술이 술을 먹듯 감정이 감정을 먹고 아빠를 압도했다. 이럴 때마다 동생이나 내가 직장에 반차를 내고 달려갔다. 엄마와 아빠를 반나절이나 하루 이틀 분리시키면 주로 엄마는 내 몫이 됐고, 아빠를 도맡아 감정을 반듯하게 정리해 다시 돌봄을 할 수 있는 상태로 끌어올리는 일은 동생 몫이었다. 그렇게 줄타기하듯 아슬아슬하게 평일 돌봄이 이어졌다.

애타는 바람도 소용없이 아빠는 폭발 주기가 점점 짧아지더니 어느 날은 제대로 터졌다. 엄마와 아빠를 떼어놓아야 한다고 판단한 동생과 나는 엄마를 하루는 급한 대로 근처 호텔로 옮겼고, 그다음 우리 집으로 갔다가, 급기야 엄마하고 함께 학교에 출근하는 상황까지 벌어졌다. 상황이 나아지지 않자 다른 지역에 사는 언니들에게 도움을 요청해 며칠 엄마를 데려가기로 했다. 그동안 동생과 나는 아빠를 진정시키느라 애를 썼지만, 이번에는 쉽지 않았다. 눈을 뜨면 다시 술을 마셨고, 밤이면 목소리가 쩍쩍 갈라진 채 퉁퉁 부은 눈과 얼굴로 돌아왔다. 나중에 알고 보니 아빠는 인적 드문 김해 고분군에 가서 소리 지르며 대성통곡을 했다고 한다.

언제 끝날지 모를 돌봄, 돌봄을 벗어날 수 없다는 생각, 내 인생은 이대로 끝이라는 감정이 밀려올 때면 나도 숨을 쉬기 어려웠다. 간혹 돌봄이 내 뒤통수, 목덜미, 등 전체에 거머리처럼 달라붙은 검은 운명 같다는 생각에 이를 때면 숨이 턱턱 막히는 동시에 이루 말할 수 없는 죄책감이 밀려왔다. 돌봄의 끝은 어디인가. 상상하기 어려운 슬

품이면서 반인륜적인 생각이었다. 그럴 때면 세차게 머리를 흔들고 받아들이는 것 말고 어쩔 도리가 없는 내 현실에 무기력과 우울감이 차올랐다. 나는 아무것도 선택할 수 없는 존재가 된 듯했다. 자책감마저 뒤엉켜 내 마음은 바닥으로 내동댕이쳐졌다.

직장에 다니며 약간의 취미 생활이라도 할 수 있는 삼사십대인 나도 이런데 온종일 만나는 사람은 엄마밖에 없고 취미라고는 독서와 산책이 전부인 연로한 아빠는 오죽할까. 편마비에 거동이 불편한 사람이 움직이기 시작하면 함께 있는 사람은 때때로 앉아 있어도 앉아 있는 게 아니고 쉬어도 쉬는 게 아니다. 오랜 시간 같은 공간에서 살거나 긴밀하게 일상을 공유해야만 알 수 있는 피폐가 있다. 아끼는 존재가 느끼는 불편과 필요에 예민하게 공감하고 반응하는 사람일수록 더 그렇다. 피폐는 몸과 마음을 가리지 않고 온다.

아빠는 며칠 내내 아무 생각 없이 술만 마시고 있지는 않았다. 벗어날 수 없는 현실에 괴로워하고, 책임을 다하지 못하는 남편일까 봐 자책하고, 조절할 수 없는 자기감정을 힐난했을 테다. '그냥 터놓고 이야기하고 상의하면서 방법을 찾으면 되는데 왜 이렇게 일을 어렵게 만들까?' 동생과 나는 늘 터진 일을 수습하느라 몸과 마음이 지치고 아빠를 원망하는 마음이 걷잡을 수 없이 일었지만, 고분군에서 고래고래 소리 지르며 괴로워한 아빠를 생각하면 마음이 아팠다.

우리는 오래도록 그렇게 각자 아파하고 휘청거리며 함께 나아가고 있었다. 더는 견디지 못한 아빠가 먼저 대열에서 이탈하는 순간, 동생과 나는 전력 하나를 잃고 더 많은 짐을 나눠져야 했다.

"나를 이제 그만 버려 도."

책임을 다하지 못한다는 패배감, 죄책감, 미안함으로 집을 나가겠다고 차마 말하지 못한 아빠는 차라리 자기를 버려 달라는 부탁을 했다. 자식들과 주변에서 쏟아질 비난이 두렵기도 했을 것이다. 정작 비난을 받아야 할 대상은 돌봄에서 멀찌감치 거리를 두고 있는 사람들이다. 심리적, 물리적, 경제적 지지도 전혀 없이 방관하는 사람들이다. 그런데 정작 돌봄자들은 수없이 자책하고 실수에 따를 비난을 두려워한다.

세련되게 자기 상황과 요구를 표현하지 못하는 아빠가 한 말을 의역하면 이렇다. '매사 의지 넘쳐 쉴 없이 움직이는 편마비 환자하고 한 공간에서 24시간을 사는 일이 4년째, 늙은 아빠는 몸도 마음도 고단하니 나만의 공간이 필요하다. 잠시 떨어져 쉬고 싶다.'

엄마와 아빠, 동생, 나. 우리 넷은 김해 집에 모여 분가를 결정했다. 아빠가 살 곳을 정한 뒤 집을 알아보고 엄마가 안전하게 독립하는 데 필요한 조치들이 뭔지 정리하기로 한 뒤 밤길을 운전해 부산 집으로 돌아왔다. 지쳐 쓰러져 씻지도 못한 채 잠에 빠진 나는 새벽에 눈을 떴다. 고분군에서 대성통곡한 아빠처럼 나도 목 놓아 울었다. 문득 눈뜨면 이렇게 침대에 덩그러니 혼자 남겨질 엄마를 상상하니 몹시 안쓰러웠다. 뇌병변 장애인이 되면서 이미 많은 것을 잃었는데, 이제 사람들까지 점점 멀어져 간다. 가까운 친구들도 멀어지고 형제자매들 사이에서 엄마가 차지한 자리도 잃어 간다. 아주 안녕은 아니지만 아빠도 떠난다. 의존할 수밖에 없는 엄마, 주도적으로 선택할 수 없는 엄마는 그 자리에서 모든 상황을 받아들여야 한다.

우리 가족이 어쩌다 이렇게 됐을까. 엄마, 아빠, 동생의 얼굴을 차례대로 떠올려 봤다. 그 얼굴들 너머로 각자의 삶이 뒤따라왔다. 아무리 생각해도 잘못한 사람이 아무도 없다. 모두 힘든데 잘못한 사람은 아무도 없으니 원망할 곳도 없다. 우리는 모두 최선을 다하고 있지만 그저 나약한 인간이기에 흔들리고 변해 갈 뿐이다. 이 분투를 누가 알아줄까? 아무리 어려워도 지금 서 있는 자리를 지키라고 나에게 간곡히 당부하면서 그렇게 서러운 밤이 지났다.

힘들지만 애쓰는 이유

돌봄이 비로소 적절히 분배되고 심리적 거리를 적당히 유지할 즈음 몸이 여기저기 아프기 시작했다. 네 번째 입원과 수술을 앞둔 터였다. 수술한 뒤 한동안 무거운 것을 들수 없다는 의사 말에 수술 날짜가 잡히자마자 부곡온천여행을 준비했다. 엄마하고 하는 외출이란 17킬로그램짜리 휠체어를 번쩍 들어 트렁크에 싣고 내리기를 반복하는 과정이고, 주위 상황과 노면 상태를 기민한 감각으로 살피면서 휠체어에 엄마 무게를 더해 밀고 나아가는 일이기 때문이다. 신체적, 정신적 에너지가 적지 않게 든다. 수술한 뒤에는 아파트 둘레 산책이나 실내 활동 정도로 만족해야할 듯해서 어디라도 서둘러 다녀오자 싶었다.

엄마는 온천욕을 좋아한다. 발병하기 전에는 혼자서 곧잘 스파를 다녔다. 공사 중에 느닷없이 온천수가 콸콸 솟아나 예정에 없던 스파 시설이 신세계백화점 센텀시티점 1층에 들어섰다. 세계에서 가장 큰 백화점 1층에 자리한 스파가 어느 정도 규모와 시설을 갖추었을지 쉽게 상상할 수 있다. 엄마가 다닌 신세계백화점 스파에 견주면 부곡온천은 대한민국 1호 온천 도시라는 타이틀에 걸맞지 않게 소박하고 낡은 곳이다. 한때 부곡을 상징하던 부곡하와이는 폐장 때 모습으로 그대로 남아 있다.

부곡에 있는 모든 호텔을 뒤져 리뷰를 분석하고 문의 전화를 걸어 가장 안전하고 적절한 탕이 있는 호텔을 찾았다. 많은 시행착오를 거쳐 조금 비싼 편이지만 안전하고 쾌적한, 지금은 단골이 된 호텔을 골랐다. 3년 만에 온천탕에 몸을 담근 엄마는 세상을 다 가진 표정이었다. 그 표정과 맑은 웃음소리를 듣고 나면 힘들어도 안 갈 수가 없다.

나는 목욕탕을 좋아하지 않는다. 정확히 말하면 뜨거운 탕에 몸을 담그면 힘들다. 열이 많은 체질이기도 하고 한겨울에도 차창을 열고 운전할 정도로 어딘가 갇힌 기분이 싫어하기 때문이다. 탕 속에 앉으면 다른 사람들처럼 멍하게 앉아 있지 못한다. 그런 내게 탕을 좋아하는 엄마하고 함께 목욕하는 과정은 고역이었다.

우선 물을 받으면서 준비를 끝내야 한다. 동선을 따라 미끄럼 방지 매트를 깔아 둔다. 탕의 구조와 높이를 파악해 어느 쪽으로 오르내릴지 결정한다. 계단의 높낮이와 폭에 따라 엄마가 서서 이동할지 앉은 채 이동할지, 중간 계단은 활용할지 건너뛸지도 고민해야 한다. 편마비가 있는 엄마를 물기 가득한 공간에서 이동시키고, 계단을 오르내리고, 탕 안에서 엄마를 바닥에 앉히고 다시 일으켜 세우는 일은 서로 합을 맞추지 않으면 위험하다. 엄마는 청력마저 좋지 않아서 최대한 단순하고 명확한 말로 설명하고 제때 단호하게 안내해야 한다. 초긴장 상태에 땀이 삐질삐질 난다.

안전하게 탕 속에 앉으면 그때부터 본격적인 인내의 시간이 시작된다. 만일을 대비해 나는 언제나 옷을 입고 탕에 들어간다. 숨이 턱 막힌다. 편마비 환자가 물에 들어가면 마비된 쪽이 둥둥 떠오른다. 그대로 두면 몸이 기우뚱 기울어진 엄마는 왼손으로 탕 모서리를 부여잡고 낑낑대며 버티는 형국이 된다. 힐링은커녕 혈압만 오른다. 탕 안에 앉아 엄마 몸이 기울지 않도록 팔다리를 붙든 채 시간을 견딘다. 이전에는 더운물이 너무 힘들어서 반쯤 일어선 채 팔다리를 누르고 있었는데, 자세가 불편해 버티기도 만만찮아서 이제는 그냥 탕 속에 앉아 버린다.

엄마는 탕 안에서 오래 견디는 편이라 몸을 불리고 나면 이미 내 얼굴은 벌겋게 익는다. 그때부터 때 밀기 한판 시작이다. 더운 공간에서 미끈거리는 타인의 몸에 붙은 때를 미는 일이 얼마나 힘든지 미처 몰랐다. 낑낑대며 때를 밀다 보면 엄마가 물끄러미 나를 바라볼 때가 있다.

"힘들제? 아이고, 엄마 때문에 우리 막둥이가 고생이다."

때로는 채 절반도 씻지 않은 엄마가 다됐다며 그만 나가자고 할 때도 있다. 나는 때 불려 놓고 어딜 가냐고 손사래 치며 익살스러운 표정을 지어 보인다. 어쩌면 엄마는 사남매를 목욕탕에 데려가 차례차례 씻길 때를 떠올리며 딸을 걱정하고 있는지도 모르겠다.

그렇게 엄마를 목욕시키고 나면 나는 불은 몸 그대로 옷을 입고 벌건 얼굴로 저녁을 먹으러 가야 한다. 온천객을 대상으로 하는 식당은 일찍 문을 닫기 때문이다. 입실 시간에 맞춰 와도 엄마를 목욕시키는 데 시간이 꽤 걸리다 보니 나는 엄마가 잠든 뒤에 다시 탕에 들어가는 수고를 감수해야 한다. 자기 한 몸 씻는 일도 나른하게 졸리는데 2인분 목욕을 끝낸 뒤에도 잠은커녕 쉴 틈도 없다.

엄마가 개운한 몸과 마음으로 침대에 누울 때면 피곤한 와중에 장난기가 발동하는 나는 더블 침대 두 개를 붙여 연병장을 만들고 훈련 조교에 빙의된다.

"좌로 굴러! 우로 굴러!"

"잇히, 으라차차!"

구령을 붙이면 엄마는 두 팔을 머리 위로 뻗고서 탄성

을 내지르며 마음껏 구른다. 누워서는 몸이 자유로운 엄마가 느끼는 즐거움이 내게도 전해졌다. 목욕할 때면 젖은 머리카락이 두상에 착 달라붙어 예쁘다고 말해 주면 엄마는 뭐가 예쁘냐며 받아치다가 말한다.

"하긴, 안 예뻐도 상관없어요. 우리 딸 앞에서는 어떡해도 괜찮아요."

'엄마에게는 내가 어떤 모습을 보여 줘도 괜찮은 존재라는 확신이 있구나.' 깔깔대는 엄마 말 속에 담긴 의미가 깊고도 뭉클해 나는 자주 우리가 주고받은 말들과 웃음을 되새기며 고단한 하루를 마무리했다.

다음 날 아침, 또 한 번 가볍게 탕에 몸을 담그고 경상남도 창녕으로 차를 몰았다. 창녕은 엄마 고향이자 이모할머니가 살고 있는 곳이다. 외할머니가 일찍 돌아가셔서 엄마는 이모할머니를 통해 그리운 엄마를 느끼는 듯했다. 나는 또다시 밥을 차리고 설거지를 했다. 이모할머니는 늘 정겹게 대해 주고 손수 키운 농작물을 아낌없이 내어 준다. 따뜻한 눈길로 애틋한 마음을 주고받는 두 사람을 보면 나는 또 내 수고로움 정도는 기꺼이 참게 된다. 그런데 그날은 유독 힘든 탓인지 코피가 세 번이나 났다.

"아, 진짜 너무 힘들어."

엄마가 안 볼 때 작게 소리 내어 말해 본다. 그렇게 뱉어 내고 나면 그 말을 내가 듣고, 그럼 내 수고로움을 알아주는 사람이 생긴 듯해서 힘이 난다.

엄마의 병은 마치 벼락처럼 다가와 내 일상을 갈랐고, 고되다고 해서 함부로 내려놓을 수도 없는 현실을 내 인생에 새겼다. 엄마와 나는 벼락 맞은 대추나무처럼 이 삶을 귀하게 끌어안아야 단단하게 살아낼 수 있을지 모른다.

이모할머니를 만나고 집으로 돌아가는 길, 차를 잠시 세우고 눈을 붙였다. 바리바리 싸준 농작물과 짐으로 가득 찬 탓에 의자를 뒤로 젖히지도 못하고 모로 누웠다. 엄마가 보스락대는 소리에 벌떡 일어나 종아리에 치료 기기를 붙여 준 뒤 다시 차를 몰며 생각했다. 이렇게 힘든데 매번 엄마를 데리고 온천욕을 하러 가거나 여기저기 함께 다니는 이유는 뭘까.

간병을 시작할 때부터 지금까지 이 질병 때문에 엄마의 삶이 불행해지는 일만큼은 막고 싶었다. 되돌릴 수 없는 일이 벌어졌지만, 그래도 새로운 방식으로 행복하게 살 수 있다고 생각했다. 당사자인 엄마는 자기 몸이 처한 현실이 불행하다 여기는 날이 많겠지만, 나는 더 많은 행복한 순간을 만들어 행복이 불행을 이기도록 하고 싶었다. 그렇게 불행을 지워가고 싶었다.

나는 늘 잘하기만 한 그런 딸이 못 된다. 힘들면 곧잘 짜증도 내고 엄마를 위한다고 하지만 잔소리도 어마하게 한다. 그래도 못하는 날보다는 잘하는 날들이 더 많은 딸이 되려고 한다. 내 몸과 마음의 컨디션이 허락하는 데까지는 인내하면서 엄마 인생에 행복한 순간의 에너지를 많이 불어넣고 싶다. 힘들지만 애쓰는 이유다.

알아서 잘하는 사람에게 보내는 응원

만개한 벚꽃이 함께한 첫 하프 마라톤. 한창 반환점을 향해 달릴 때였다. 텅 빈 반대편 주로에 별안간 용광로 쇳물처럼 뜨거운 에너지가 몰려왔다. 반환점을 돌아오는 러너들이었다. 날렵하면서 근육이 단단한 러너들이 바닥을 박찰 때마다 온몸에서 에너지가 뿜어져 나왔다.

"파이팅! 파이팅! 파이팅!"

심지어 반대쪽 러너들에게 주먹을 꽉 쥐어 보이며 응원을 보냈다.

'와, 대단하다. 반환점을 돌아 벌써 여기까지 온 거야? 대체 얼마나 빠른 거야. 그런데도 아직 힘이 넘치는구먼!'

그 러너들처럼 반환점을 돌아 지금 자리까지 되돌아오려면 시간이 얼마나 더 걸릴까 계산하다가 아차 싶은 마음에 나도 주먹 쥐고 큰 소리로 파이팅을 외쳤다. 앞서 나간다고 해서, 파이팅이 넘친다고 해서 힘들지 않을 리는 없기 때문이다. 나보다 더 많은 시간 힘든 훈련을 거쳐 지금에 이른 사람이지만 개인 최고 기록(PB)을 달성하기 위해 계속 나아가고 있을지도 모른다. 달리기는 언제 해도 힘들었다. 그날 컨디션에 따라 더 힘들거나 덜 힘들 뿐이었다. 박수 받아 마땅한 사람들이 저만치 뒤떨어져 오는 사람들에게 파이팅을 나눠 준다. 어쩌면 지금 자기에게 필요한 응원인지도 모른다. 누구보다 단단해 보이는 사람들에게도 응원은 필요하다.

나는 알아서 잘하는 사람이었다. 어릴 때는 조용하게 맡은 일을 해내 부모님이나 선생님 손을 덜 타는 아이였고, 성인이 돼서는 씩씩하게 삶을 주도하는 사람이었다. 어린아이라면 재잘거리며 털어놓을 법한 속상한 일 한 자락도 엄마에게 꺼내 본 적 없었고, 커서는 친한 친구에게도 내밀한 집안 이야기를 들려준 적 없었다. 연인하고 다퉈 속상한 일도 혼자 끙끙 앓다가 헤어지니 마니쯤 돼야 친구에게 슬쩍 이야기하는 20대를 보냈다. 양쪽 말을 균형 있게 듣기 힘든 친구에게 내 처지에서 일방적인 이야기를 꺼내면 안 된다고 생각했다.

그러다 보니 인생에서 마주하는 크고 작은 결정 앞에 늘 혼자였고, 살면서 맞닥뜨리는 문제도 혼자 해결했다. 사람에게 기대 본 경험이 없어서 푸념을 늘어놓는 법이 없었고, 부탁하기도 힘들어했다. 사람들은 아무렇지 않은 척

하는 나, 마냥 괜찮다고 말하는 나, 혼자서도 뭔가 척척 해 내는 나만 마주했다. 걸음걸음마다 사정없이 흔들리는 나를 알 도리가 없었다.

달의 밝은 면만 보이려 애쓰면서 정작 달의 뒤편으로 가는 게 좋았다. 다른 사람 힘든 이야기를 들어 주는 내가 좋았고, 누군가 부탁을 하면 흔쾌히 적극적으로 들어 주는 내가 좋았다. 내게 기대어 오는 사람의 어둡고 무거운 마음이 나 덕분에 밝고 가벼워지는 순간 내 마음도 같이 위로받았다. 누군가 내게 힘든 부탁을 건네면 아쉬운 소리는 최대한 조금만 하고 싶었다. 재미있는 일, 새롭게 배울 만한 일을 찾아다니면서 사람들을 두루 만났다. 가끔은 나도 정말 괜찮지 않았지만, 내가 사는 모습을 보며 좋은 에너지를 받아서 고맙다고 누군가가 말해 주면 씩씩하게 지낼 이유는 충분했다.

그런 내 삶이 엄마 때문에 완전히 멈춰 선 때, 어느 순간 나는 괜찮은 척조차 할 수 없게 됐다. 그런데 그때 곁에 사람이 없었다. 내가 멀게 느끼거나 우선순위가 아니라고 생각한 사람들이 오히려 소식을 듣자마자 병원을 찾아와 본 적도 없는 엄마를 챙겼다. 엄마하고 외출하는 날이면 차와 식사 쿠폰, 용돈을 보냈고, 간식이나 반찬을 챙겨 병원에 왔고, 좋은 사람을 봐야 에너지를 얻는다며 한사코 엄마를 만나 좋은 말을 한가득 들려줬다. 화사한 봄기운을 받으라며 엄마한테 스카프를 선물하기도 했다. 그러나 매일같이 얼굴을 마주하는 것도 모자라 바쁜 삶 속에서도 늘 일순위로 시간을 낸 사람들, 15년을 넘게 만난 사람들, 몇 년을 매주 꼬박꼬박 본 사람들은 곁에 없었다. 정작 삶이 한순간 변해 버린 상황을 알 만한 사람들에게 위로와 응원을 받고 싶었는데 말이다.

에너지를 줘서 내게 고맙다 말하던 사람들은 내가 힘이 필요한 순간에 내 곁에 없었다. 함께하던 일상에서 나만 빠져 나왔는데, 마치 내가 좋은 곳으로 여행이라도 떠난 듯 이렇게 나를 내버려둬도 괜찮은 걸까? 상황을 이해하기 힘들었다.

엄마하고 씩씩하게 하루를 보내고 좁다란 보호자 침대에 누우면 밀려오는 피곤보다 더 큰 괴로움이 몰려와 쉽게 잠들 수 없었다. 인생을 잘못 산 듯했다. 내가 무슨 잘못을 했을까? 딱히 죄도 없는 나를 잘근잘근 곱씹었다. 나는 늘 알아서 잘하는, 언제나 괜찮은, 챙길 필요가 없는 사람이었을까? 나를 걱정해 주는 사람이 있기는 했을까? 내가 좋아한 사람들은 사실 나를 좋아하지 않은 걸까? 나는 그 사람들을 진심으로 좋아했을까? 곁을 온전히 내어 줬을까?

괜찮아지지 않았다. 긍정, 씩씩함, 회복 탄력성처럼 내가 나 자신이라 자부한 가치들도 도전받았다. 내가 믿던 나는 허상이었을까? 고만고만한 부침 속에 살다 보니 자만한 걸까?

새벽이면 엄마의 충실한 돌봄자가 되려고 서둘러 욱여넣던 풀리지 않는 질문들은 1년 6개월 간병을 끝내고 복직한 때 우울이 됐다. 엄마는 여전히 병원에 있었고, 학교 상황은 쉽지 않았다. 하루걸러 하루 병원을 오가며 엄마에다 아빠까지 챙겨야 했고, 엄마가 안전하게 지낼 수 있는 집과 일상을 준비해야만 엄마를 퇴원시킬 수 있다는 현실이 나를 한꺼번에 짓눌렀다. 더는 눌러담을 수 없는 마음을 여기저기 털어놓아도 돌봄을 온전히 이해하기 어려운 사람들이 건네는 위로는 진정한 위로가 되지 못했다. 때로 온전히 공감받을 수 없는 아픔을 혼자 지나고 있다는 생각에 누군가에게 기댄 날은 더 많이 외로워졌다.

해야만 하는 일들을 해내고 돌아온 지친 밤이면, 나만의 작은 공간으로 숨어들 듯 들어가 재빨리 문을 닫았다. 쉴 틈 없이 주어지는 엄마의 행복이라는 과제, 실패한 인생이라는 끝없는 자기 의심과 자책이 화살처럼 어지러이 날아들다가, 두터운 현관문을 닫고 들어서는 순간 과녁 잃은 화살들은 힘없이 떨어졌다. 그제야 한숨을 몰아쉬는 나는 어두운 방구석에 웅크리고 앉아 하염없이 어둠을 바라보았다. 사람을 만날 여력도 없고, 기대고 싶은 마음도 사라졌고, 내가 돌아오기를 기다리던 사람들은 나의 부재에 익숙해졌다. 그렇게 나는 고립됐다.

어두운 방구석에서 머릿속으로 18층 방충망을 수없이 뜯어내던 나는, 죽지 않고 살아남아 깨달았다. 관계란 반드시 뿌린 대로 거둘 수는 없었다. 준 만큼 돌려받는 거래일 수는 없다. 베푼 것보다 많이 받으면 감사한 일이고 베푼 것을 몰라 줘도 내가 가진 게 많아 내어 줄 수 있다고 생각하면 또 감사한 일이다. 서로 마음이 다른 일도, 인연이 유통 기한을 다하는 일도 얼마든지 벌어질 수 있다. 모든 인연이 저마다 내게 온 소임을 다하고 간다고 믿고 그동안 함께한 데 감사하면 마음이 편안해졌다. 내 손 꼭 붙들어 주는 고맙고 새로운 인연은 늦더라도 꼭 왔다.

나는 다시 나에게 보내는 응원만으로 충분히 걸어갈 수 있는 사람이 됐다. 응원이 절실할 때 철저히 혼자라고 느낀 경험은 때때로 마음속 시린 바람으로 일었지만, 바람결은 한결 부드럽게 느껴졌다. 함께하는 사람들이 하나둘 생겨나 아름다운 풍경 속을 걸어간다.

내가 바라는 이상과 꿈을 향해 연대하되 결코 나를 뿌리째 기대지 않으며 관계가 영원하리라 믿지도 않게 됐다.

사람을 쓰러뜨리는 것도 사람이지만 다시 일으켜 세워 걷게 하는 것도 결국 사람이라는 사실을 믿게 됐다. 늘 사람을 향해 마음에 창을 내어 두기로 한다.

봄날의 하프 마라톤을 다시 떠올린다. 달리기는 누구나 힘들다. 멈추지 않고 달린다는 사실이 어려움을 덜어 주지도 않는다. 달리기는 스스로 선 자리에서 조금씩 더 나아가려는 행위라서 누구든 달릴 때마다 저마다 고통을 지나기 마련이다. 앞서 나아가는 사람은 재능을 타고난 덕분일 수 있지만 달리기에 가치를 두고 많은 시간 노력한다는 방증이다. 씩씩하게 나아가는 러너들 모습이 멋있고 쉬워 보일 수도 있다. 그러나 누군가 어느 자리에 있건 저마다 애쓰고 있다는 사실을 봐주고 응원하는 우리가 되면 좋겠다.

5장

일상 이상의 일상

모녀가 떠난 배낭여행

옅어진 초록이 가을을 예감하게 하던 어느 날, 엄마는 언어 치료를 받고 나오는 길이었다. 언어 치료를 하는 날은 반드시 그날 안에 공부한 자료를 보며 반복 훈련을 했다. 가을볕에 이끌려 병원 광장으로 나간 우리는 벤치에 나란히 앉아 언어 치료사가 준 자료를 펼쳤다.

문) 퇴원하면 가장 하고 싶은 일은?
답) 남편과 알콩달콩 사는 일, 딸과 해외여행 가기

문답식으로 풀어가는 대화가 담긴 그날 자료에 엄마는 삐뚤빼뚤한 글씨로 퇴원한 뒤 바라는 삶을 적었다. 아빠에게 전화를 걸었다. 당신하고 알콩달콩 살아 보고 싶다는 엄마의 바람을 전했다. 나는 엄마하고 함께 수도권으로 올라와 간병의 최전선에 있지만, 아빠와 동생은 부산에 남았다. 일상 곳곳에서 아내의 부재를 느끼며 지낼 아빠에게 당신하고 함께할 더 나은 삶을 꿈꾸고 있다는 엄마의 진심이 설레는 책무가 되기를 바랐다.

목표를 세웠다. '엄마랑 5년 안에 배낭여행 가기.'

딸은 45개국을 여행했는데, 엄마는 여권도 없었다. 나는 방학이 있는데, 엄마가 다니는 직장은 휴가 제도도 딱히 없었다. 어쩔 수 없다고 할 수 있지만 어떻게든 2박 3일이나 3박 4일 여행은 할 수 있었다. 건강할 때 적극적으로 기회를 만들지 않은 사실을 후회했다. 5년이 더 필요하다고 생각한 이유는 모르겠다. 엄마가 충분히 회복하고 배낭여행을 갈 수 있는 여건이 되려면 그 정도 시간이 걸린다고 판단했을까. 아니면 휠체어 탄 장애인하고 외국을 여행한다는 막연한 두려움을 확신으로 바꾸는 데 필요한 시간이 그만큼이라 여긴 걸까.

그러나 엄마와 나의 꿈이 현실이 되는 데 그리 오랜 시간이 걸리지 않았다. 딱 1년 뒤, 달력에 나온 추석 연휴 5일을 확인하고 이때라는 확신이 들자 지체 없이 움직였다. 병원에서 매일 눈뜨고 감는 순간까지 마주하는 재활 환자들은 당장 내일을 알 수 없는 삶을 보여 주고 있었다. 응급실에서 링거 줄이 주렁주렁한 엄마의 팔다리를 주무르며 흘린 눈물도 주어진 운명을 받아들일 수밖에 없는 인간을 향한 연민과 아픔이었다. 하고 싶은 일은 되도록 빨리 해야 한다.

장소는 비행 거리가 짧은 일본으로 정했다. 노인들이 그렇게 좋아한다는 일본 온천을 경험하고 말로만 듣던 '료칸'에 머물게 하고 싶었다. 자연스레 일본 최대 온천 도시 벳푸와 아기자기한 온천 도시로 유명한 유후인이 목적지가 됐다.

의사하고 상의한 끝에 여행을 허락받고 만일을 대비해 영문 소견서를 발급받았다. 엄마 여권을 만들고 본격적으로 여행 계획을 짰다. 쉽지는 않았다. 나하고 다른 방식으로 걷는 사람하고 여행하려면 장애 있는 사람의 눈으로 익숙하지 않은 세계를 가늠해야 했다. 나는 당사자가 아니라 완벽할 수 없지만 그런 마음가짐을 다져야 했다.

엄마가 편의를 누리는 데 돈을 아끼지 않기, 욕심내지 않고 오전에 하나 오후에 하나만 보기라는 두 가지 규칙을 세웠다. 휠체어를 밀면서 캐리어를 끌 수 없으니까 60리터 배낭 속에 두 사람 몫의 짐하고 온천탕에서 쓸 미끄럼 방지 매트, 팔걸이형 튜브, 공기 펌프까지 야무지게 집어넣었다. 등 뒤에는 커다란 배낭, 앞에는 보조 가방을 메고 두 팔로 엄마의 휠체어를 밀면서 가족들 응원을 받으며 일본으로 떠났다.

엄마의 소박한 꿈을 이뤄 줄 수 있게 된 내 마음이 비행기보다 먼저 날아올랐다. 옆 좌석에는 첫 외국여행에 설레어 창밖 뭉게구름을 하염없이 바라보는 초로의 소녀가 앉아 있었다. 불혹에 가까운 다른 소녀는 이번 여행에서 소녀의 마음을 싹 지워 내고 사자의 심장과 여우의 두뇌로 초로의 소녀가 품은 설렘을 지켜내겠다고 다짐했다.

벳푸는 지옥 온천 순례로 유명하다. 특색 있는 지옥 온천 일곱 개가 다닥다닥 붙어 있어 도장 깨기 하듯 구경하는 곳인데, 욕심을 버리고 가장 큰 바다 지옥과 가마솥 지옥 두 군데만 보기로 했다. 엄마는 바다 지옥을 정말 좋아했다. 98도나 된다는 코발트색 온천수가 구릿한 냄새를 풍기며 뜨거운 증기를 내뿜는 그곳에서 엄마는 두 팔을 벌려 큰 숨을 들이마시기도 하고, 소리 내 웃기도 했다. 얼마나 좋아하는지 나는 그 표정이 온천보다 더 좋았다. 엄마는 온천을 바라보고 나는 엄마를 바라보며 그렇게 한참을 서 있었다. 바다 지옥 한편은 무료 온천 족욕을 하는 사람들로 붐볐다. 온천 달걀을 먹고 구슬 탄산이라 불리는 라무네 사이다를 마시면서 족욕도 하고, 온천 증기열로 채소와 고기를 찌는 지옥 찜 요리도 맛봤다. 진흙탕이 끓어오르는 가마솥 지옥에서는 퍽퍽 튀어 오르는 진흙을 따라 함께 퍽퍽 소리 내며 한참 웃기도 했다.

엄마가 좋아하는 곳에는 되도록 오래 머물렀고, 최대

한 엄마가 두 발로 직접 걸어서 둘러보게 하려고 노력했다. 수동 휠체어에 앉아서 다른 사람들이 가다가 멈추는 사이로 보는 세상과 느리지만 직접 걸어서 바라보는 풍경은 다르다. 삶의 질은 거창한 성취가 아니라 아무리 작아도 스스로 주도해야 고양된다.

휠체어를 한구석에 세워 두고 엄마를 부축해 걷다가 경사지거나 거친 길이 나오면 엄마를 최대한 안전한 곳에서 기다리게 하고 달려가 휠체어를 가져왔다. 휠체어를 타다가 걷다가 반복하면서 지옥 온천을 구경했다. 나도 오랜만에 떠난 여행이라 모든 지옥이 궁금했다. 그러나 내 보폭이 작디작던 어느 시절, 그런 내게 발 맞추느라 걸음을 아끼던 날들이 엄마에게도 있었다.

우리가 머문 료칸은 단정하고 고요했다. 직원들이 환대해 마음이 한결 설렜다. 들어가자마자 개인 온천탕을 확인했다. 가장 고심한 부분이기 때문이다. 내가 돕겠지만 엄마가 안전하게 들어갈 수 있는 구조여야 했고, 탁 트인 자연 속에 개별 온천욕을 충분히 즐길 수 있어야 했다. 걱정만큼 욕심도 많아 여러 곳을 비교하고 분석하며 공들여 선택한 만큼 마음에 들었다.

신이 난 엄마와 나는 온천욕을 준비했다. 에어 펌프로 팔걸이형 튜브에 바람을 채우고, 필요한 곳에 미끄럼 방지 매트를 깔았다. 막상 해보니 엄마는 튜브를 불편해 했다. 튜브 대신 내가 조금 더 안전에 신경 쓰기로 했다. 유카타를 입고 일본 나막신을 신은 채 가이세키 정식을 먹으러 가기도 했다. 뒤뚱뒤뚱 걷느라 불편하지만 재미 삼아 한 발 한 발 조심스레 걸으며 깔깔거렸다.

그날 밤 엄마와 나는 다시 한 번 온천욕을 했다. 별이 반짝이는 가을 하늘 아래에서 낙엽이 툭툭 떨어져 온천수 위를 동동 떠다녔다. 우리는 그런 풍경을 물끄러미 바라봤다. 야외 온천이다 보니 밤중에는 벌레가 날아들기도 한다. 벌레라면 정말 기겁하지만 나는 엄마를 위해 벌레를 뜰채로 용감하게 떠냈다.

"아이고, 좋다! 우리 딸, 고맙데이."

온천욕을 끝낸 엄마는 말간 얼굴로 밝게 웃으며 잠이 들었다. 뭉클했다. 노력하면 누릴 수 있는 행복이었다. 찾으려 하면 가까이 있는 행복이었다. 다만 해내겠다는 결심과 실행이 필요했다.

사실 뿌듯한 만큼 아주 힘든 여정이었다. 배낭여행은 혼자 떠날 때도 매순간 선택과 결정을 해야 하고 예기치 못한 상황이 이어져서 온몸의 감각을 열어 둬야만 한다. 수동 휠체어를 밀면서 하는 여행은 더 많은 체력과 집중력이 필요했다. 엄마 몸무게에 17킬로그램짜리 수동 휠체어

무게를 더한 무게를 평지든 경사든 밀어야 앞으로 나아갈 수 있다. 온천욕을 할 때는 낙상을 대비하느라 집중해야 했다. 처음에는 탕에 있는 시간을 조절하지 못해 어지러워진 엄마가 휘청거리기도 했다. 좌식 료칸에서는 바닥에 앉은 엄마를 수시로 껴안아 일으키고 앉혀야 했다.

엄마는 좋거나 싫다 말하지 않았다. 그저 다 괜찮다고 한다. 배려가 감사하면서도 가끔은 힘들었는데, 나는 엄마가 딸을 생각해 좋다고 말하는 것 말고 진짜 좋은 것이 궁금했고, 바로 그런 것을 해주고 싶기 때문이었다. 지도를 보고 길을 찾으면서 엄마도 신경 쓰고 짐도 챙겨야 했다. 나 혼자 길을 잃을 때는 헤매면 그만이지만 엄마하고 길을 헤맬 때는 다른 이야기였다.

엄마는 여행을 가고 싶어도 나를 고생시킬까 봐 망설였다. 그런 걱정을 이해하고 호기롭게 결행한 만큼 모든 것이 순조롭게 흘러가서 전혀 힘들지 않은 모습을 엄마에게 보이고 싶었다. 머리부터 발끝까지 모든 세포를 일제히 깨워 긴장시킨 채 빈틈없는 하루를 보내고 나면 마른 수건 짜내듯 나를 비튼 기분이었다.

그런데 엄마의 말간 웃음이 그 모든 것을 덮는 순간, 그동안 겪은 힘든 일이 전혀 힘들지 않게 됐다. 다른 사람을 위할 때 더 크고 강해지는 우리를, 우리를 확장시키는 여행의 참된 의미를 깨달았다.

소중한 무엇을 향해 자발적으로 나를 쓰는 일은 분명 소진이었지만, 때로는 더 많이 채워지기도 했다. 자주 우울해하는 엄마에게 내가 힘주어 하던 말이 있다.

"조금 불편해도 괜찮아요. 이제부터 더 재미있는 인생을 살면 돼요."

말이 아닌 경험으로 엄마에게 증명하고 있고 해줄 수 있어서 다행이었다.

나만을 위할 때 충분히 자유롭고 멋스럽던 내 여행이 엄마를 위할 때 새롭게 충만해졌다. 여행의 본질은 스스로 낯설게 해서 나를 둘러싼 세계를 확장시키는 데 있다. 몸이 불편한 한 존재 안으로 걸어 들어가 낯선 땅을 바라보고, 그 사람이 돼 느끼고, 보폭을 맞추고, 시선을 포개면서 나는 조금 더 넓어졌다. 넓어진 만큼 살면서 어떤 것들을 더 품을 수 있을까 어렴풋이 기대하면서 잠이 들었다.

엄마는 영원한 엄마이기를 소망한다

꽃분홍 하이 웨이스트 스커트가 있다. 내 체형에 딱 맞아서 톤 온 톤으로 하늘하늘한 인디언 핑크 블라우스를 단정하게 넣어 입으면 그렇게 예쁠 수가 없다.

어느 날 보니 아랫단이 터졌다. 혼자 사는 살림이 익숙하지 않은 나는 스커트를 간단하게 바느질하거나 수선집에 맡길 여유가 없다. 하려고 하면 크게 어렵지는 않은데 자꾸만 더 미루게 되는 그런 일이었다. 차라리 안 입고 말았다. 여유가 될 때 수선을 맡기겠다는 심산으로 한쪽에 아무렇게나 걸쳐 둔 스커트를 엄마가 발견하고 말았다. 주말을 엄마하고 보내려고 함께 집에 온 참이었다. 수선 맡길 테니 그냥 놔두라는 내 말에 아랑곳하지 않고 스커트를 이리저리 펼치고 뒤집던 엄마가 마침내 터진 단을 찾아냈다.

"에이고, 이기 뭐꼬. 이 예쁜 스커트를. 엄마가 해줄게, 실하고 바늘 갖고 와봐라."

순간 고민했다. 엄마는 우측 편마비로 오른쪽 팔다리를 쓰지 못한다. 다행히 왼손 감각이 좋은데다 발병 초반부터 젓가락질과 글쓰기를 비롯한 생활 밀착형 소근육 운동을 꾸준히 한 덕에 왼손으로 오른손이 하던 일을 곧잘 하기는 했다. 그러나 바느질은 더욱 세밀한 소근육 협응을 해야 해서 양손이 반드시 필요한 일이었다.

엄마가 스커트를 그냥 제자리에 놔두면 싫었지만, 착한 진화가 소환된다. 수선 맡기면 된다고 스커트를 단호하게 되가져오거나 몇천 원이면 되는데 사서 고생하냐고 볼멘 소리하는 대신 기대감에 찬 눈으로 되물었다.

"우와, 진짜? 엄마가 기워주려고? 이제 바느질도 도전?"

"에이그, 이거 못할까 봐. 호호호, 엄마 할 수 있다. 딱 가서 할 일 하고 있어래이."

엄마는 내 도움도 필요 없다고 했다. 군말 없이 바늘과 실을 갖다 주고 높은 침대를 작업대 삼을 수 있게 의자를 놓았다. 그리고 조금 떨어진 곳에서 한 손으로 바느질에 몰두하는 엄마를 지켜봤다. 바느질하는 엄마와 그 모습을 지켜보는 나를, 나는 지켜보았다.

그날 나는 뭐든 척척 수선하던, 이제는 돌아갈 수 없는 그 옛날처럼 딸이 좋아하는 스커트를 고쳐 주고 싶은 엄마 마음을 봤다. 일상의 많은 순간, 원하든 원하지 않든 높은 의존성을 받아들여야만 살 수 있는 현실이지만, 그래도 엄마로 남고 싶은 마음이었다. 비록 몸은 불편하지만 '할 수 없다'고 말하는 대신 '할 수 있다'고 생각하는 꺾이지 않는 의지였다.

2년 반 병원 생활 끝에 연고도 없는 김해로 거처를 옮기고 나서 엄마는 드디어 병원을 벗어나 '내 집'에서 생활할 수 있다는 사실에 기뻐했다. 그러나 얼마 못 가 엄마는 자주 우울해하며 울었다. 집안일을 하다가 혼자서 분한 마음에 씩씩대기도 했다. 퇴원만 하면 더 이상 바라는 게 없을 듯한 마음은 일상에서 빈번히 좌절을 경험하면서 빠르게 소진됐다. 집안일을 센스 있고 민첩하게 척척 해내던 내가 아니라는 현실을 일상의 매 순간 마주했다. 뇌출혈 후유증으로 뇌병변 장애가 있는 사람이라면 누구나 겪어야 하는 과정이지만, 본인도, 가족들도 당연히 받아들이기 쉽지 않다.

하루는 엄마가 동생 와이셔츠를 걸다가 화가 차오르는 듯하더니 아이처럼 엉엉 울었다. 다림질이 필요 없는 와이셔츠이지만 엄마가 보기에 단정하게 날이 서 있지는 않았다.

"내 너거 아빠 회사 다닐 때 하루도 빠짐없이 와이셔츠만큼은 빳빳하게 다려서 보냈는데, 세상에 아들이 취직

했는데, 내가 이거 하나를 못 해주고 이렇게 구깃구깃하게……."

엄마는 하염없이 눈두덩을 찍어 눈물을 훔치며 말을 이어 갔다.

동생은 동년배들보다 조금 늦지만 자기 속도에 맞게 천천히 취직했다. 동생 취직을 누구보다 많이 기다린 엄마는 취직하고 첫 월급이 나오기도 전에 쓰러졌다. 빳빳하게 다린 깔끔한 셔츠를 입히고 싶던 엄마의 바람과 좌절이 내게도 전해졌다.

동생과 나는 성능 좋은 작은 스팀다리미를 샀다. 옷을 걸어두고 한 손으로 증기를 쏘면 된다. 성능이 광고보다 썩 좋지 않아 오래 사용하지 못했지만, 엄마는 가족들 도움을 받아 스팀다리미에 물을 채우고 셔츠를 다리면서 한동안 기뻐했다.

많은 것을 떠안으려고 하는 나를 보면 주변 사람들은 이렇게 말한다.

"그래도 엄마인데, 엄마도 엄마 몫을 하실 수 있게 기회를 드려."

병원에 혼자 입원해 수술을 세 번이나 할 동안 나는 엄마에게 아무 말도 하지 않았다. 혼자 입원하고 혼자 수술했다. 나도 무섭고 두려웠지만, 내가 코로나만 걸려도 걱정하면서 우는 엄마를 보며 차마 말하지 못했다. 걱정해도 당장 마음대로 달려올 수 없는 엄마 마음과 엄마를 곁에서 지켜봐야 하는 가족들을 생각하면 편하지 않았다.

엄마에게 속상하고 힘든 것을 털어 놓고 기댈 수 없다는 사실을 가끔은 떠올린다. 오히려 넓은 의미에서 엄마는 내가 기댈 곳이자, 단순히 기댈 곳을 넘어 존재의 이유다. 엄마가 없으면 살 이유를 못 찾는 날들이 많았다.

엄마는 내가 어떤 모습이어도 나를 있는 그대로 예쁘게 바라봐 주고 변함없는 지지와 사랑을 보낸다. 나는 든든한 뒷배를 믿고 거침없이 어디든 나아간다. 돌아갈 곳이 있기 때문이다. 그렇게 엄마라는 존재 자체가 기댈 곳이기 때문에 일상의 많은 일들은 나 혼자여도 괜찮다.

아들의 와이셔츠를 다려 입혀 보내고픈 마음, 한 손으로 딸의 치맛단을 기워 주고 싶은 마음이 엄마다. 엄마를 자식처럼 살뜰히 챙기고 보살피고 있는 지금, 이번 생에 나는 자식 대신 엄마를 보살피는 삶이 내 운명인가 한다. 그러나 어떤 엄마가 되기를 내가 바라고 요구하지 않아도 엄마는 늘 엄마다. 엄마가 할 수 있는 방식으로 엄마 구실을 한다. 그 정도면 됐다.

그래서 스커트는 어떻게 되었냐고? '여기 기웠지 말입니다' 하고 친절하게 알려 주는 그 스커트를 아직 입지 못했다. 그렇지만 수선 맡길 생각은 없다. 마침 체중이 불어난 탓에 입을 수가 없는데, 살을 빼면 꽃 피는 봄날 입고 출근해 볼 생각이다. 누군가 치맛단에 얽힌 사연을 물어봐 주기를 내심 바라면서!

우리를 지키는 사소하지만 기본적인 것들

간병과 돌봄이 일곱 해째에 접어들던 때 나는 수술대에 올랐다. 수술을 마치고 성급하게 일상으로 복귀했다. 그런 탓일까. 수술보다 더한 통증 때문에 긴급 입원하는 사태가 벌어졌고 입원한 상태로 방학을 맞이했다.

진통제도 듣지 않는 지긋한 통증에 시달리다가 퇴원한 뒤에는 집 밖으로 한 걸음도 떼지 않고 쉬었다. 그 와중에 엄마가 한 코로나19 자가 진단 키트에 두 줄이 떴다.

'아 이런……이번에는 못 피해 가는구나.'

팬데믹 기간에 엄마는 코로나에 걸린 적이 없다. 동생과 내가 세운 예방 수칙을 워낙 잘 따라 줬다. 동생은 엄마하고 함께 살고 있어서 회사에 확진자가 나오거나 컨디션에 조금이라도 이상이 있으면 안전하다고 판단할 때까지 며칠이고 모텔에서 생활했다. 빈자리는 내가 메웠다. 매주 엄마한테 갈 때마다 주차장에서 간이 검사를 한 뒤 집에 들어갔다. 동생과 내가 코로나에 걸렸을 때도 엄마는 피해

갔다. 아무리 조심해도 걸리기 일쑤인 코로나에 걸리지 않는 운이 따라 줘 감사했다. 그런데 이번은 달랐다. 엄마는 이미 고열이 난다고 했다. 고혈압에 편마비가 있는 고령 환자라 위험군에 속하기 때문에 선제적 조치를 해야 했다.

이미 밤 아홉 시를 훌쩍 넘긴 시각, 동생은 김해에서, 나는 부산에서 대학 병원과 종합 병원 응급실로 전화를 돌렸다. 고위험군이라고 강조해도 남은 격리 병상이 없어 받지 못한다고 했다. 어떤 병원은 편마비 환자를 볼 수 있는 더 전문적인 곳으로 가라고 했다. 대기해도 괜찮다는 병원도 두세 시간 이상 걸릴지 모른다고 했다. 오면 주사 정도는 놔 주겠다는 병원도 막상 가면 대기 시간이 너무 길었다. 주사로 될지 알 수도 없었고, 어차피 확진자로 보이는 엄마를 돌볼 사람은 나였다. 대기하더라도 부산에서 대기한 뒤 우리 집으로 모셔갈 요량으로 동생을 바로 출발시켰다. 다행히 도착하자마자 격리실에 자리가 났고, 고열에 제대로 눈도 뜨지 못하고 걷지도 못하던 엄마는 바로 치료받을 수 있었다. 그렇게 나와 엄마의 동반 격리가 시작됐다.

엄마는 새벽에도 두세 번씩 화장실에 갔다. 고열이 계속되는 상태에서 걸으면 위험하다고 판단해 대형 패드를 착용하게 했다. 그러나 패드가 불편한지 엄마는 기어이 화장실에 가려고 몸을 일으키다가 마비된 오른손을 깔고 앉았다. 나는 만일을 위해 엄마 방문 앞 바닥에서 잠을 잤는데, 많이 피곤한 탓인지 내 옆을 지나간 엄마를 눈치채지 못했다.

"아까 이걸 깔고 앉았는데, 고마 이래 되뿟네. 좀 아프긴 한데, 괜찮다. 있으면 괜찮아지겠지 뭐, 그쟈?"

곤히 자는 딸을 깨우지 못하고 줄곧 통증을 참은 엄마는 애써 괜찮다는 표정으로 웃으며 말했다. 손가락은 퉁퉁 부어서 파란 멍이 퍼질 대로 퍼져 있었다. 손가락 골절을 두 번이나 경험한 나는 한눈에 골절을 직감했다. 마비가 있는 손은 강직이 들어오기 때문에 깁스로 고정이 될지 알 수 없었다.

급한 대로 집 근처 유명한 정형외과에 갔다. 그런데 엄마가 코로나 환자라는 사실이 전산에 드러났다. 자가 격리를 선택한 사람에게만 지원금을 줄 때였다. 우리는 자체 격리를 할 생각이었다. 엄마가 병원 갈 일이 생길까 봐 행정적 격리를 신청하지 않아서 괜찮은 줄 알았는데, 아니었다. 겨우 엑스레이만 찍은 상태에서 엄마는 병원 밖으로 나와야 했다. 병원 밖에서 서둘러 받은 반깁스가 문제였을까. 엄마가 심한 압박감과 통증을 호소하는 통에 밤중에 다시 코로나 환자를 받아 주는 응급실을 수소문해서 갔다. 페이스 쉴드를 끼고 퀭한 눈으로 휠체어에 앉은 엄마. 가뜩이나 걸을 때 좌우 균형이 맞지 않는데 마비가 있는 팔에 깁스까지 하니 무게가 상당했다. 불안하고 신경 쓰였다. 그렇게 코로나와 깁스라는 이중고를 겪으며 격리를 끝냈다.

끝날 때까지 끝난 게 아니라 했던가. 통깁스를 하려고 붕대를 푸니 손가락 사이사이 온통 욕창이 생겼다. 재활 병원에서 본 자발적 움직임 없이 누워만 있던 와상 환자들에게 종종 생긴다는 욕창이었다. 자다가도 몸을 돌려 줘야 할 만큼 통풍이 중요한 욕창인데 통깁스를 한다는 말인가. 의사는 욕창이 심해지더라도 다음에 치료할 일이고 지금 깁스하지 않으면 나중에는 수술해야 한다고 말했다. 선택의 여지가 없었다. 대신 손가락 두 개만 깁스를 해 부위를 최소화하자고 제안했다.

처치를 마치고 나머지 손가락을 치료하려고 곧장 피부과를 찾았다. 욕창 2기라고 했다. 의사는 마비 때문에 혈액 순환이 잘 안 되는 팔이라 빠르게 욕창이 생긴 듯하며 엄청 아플 텐데 감각이 무뎌 모른 듯하다고 말했다. 깁스가 끝나면 마비가 있는 손은 어떻게 재활해야 할지 막막했다. 다시 재활의학과를 찾아가 의사하고 상의했다. 매주 정형외과에 가서 욕창 진행 상황을 확인하고 연고를 바른 뒤 다시 깁스를 하는 과정을 반복했다. 다행히 욕창은 더 진행되지 않았고, 한 달여 만에 엄마는 깁스를 풀었다.

수술한 내 몸을 돌보고 회복할 틈도 없이 4주가 그렇게 지나갔다. 쉴 수 없는 환경이라 그런지 내 몸은 더 빨리 회복됐다.

돌이켜 보면 피할 수 있는 부상이었다. 재활 병원에서 많은 치료사를 만났는데 그중 아주 중요하고 기본적인 사항을 이야기하면서 '방향'을 알려 주는 사람들도 있었다. 김재운 치료사는 운동 치료를 처음 담당한 물리 치료사였다. 하루도 거르지 않고 옆에 바짝 붙어 치료 과정을 관찰하는 내게 엄마 상태가 어떤지, 이 동작은 왜 하는지, 병동에서 어떤 활동을 하면 좋은지 이야기하고, 내가 던지는 온갖 질문에 성심껏 답했다. 치료사는 무작정 걷게 하기보다 신체 균형과 자세가 중요하다고 강조했다. 자세야 어떻든 무작정 걷게 할지, 아니면 반듯한 자세로 걷게 할지를 두고 의료진, 치료사, 보호자 사이에 의견이 다를 수 있다. 나는 초기에 바른 자세를 찾고 균형을 잡아야 낙상을 예방할 수 있다는 김재운 치료사 말에 공감했다.

발병한 뒤 1년간 앉고 일어서는 자세를 습관으로 만들려고 노력했다. 우리는 의식하지 못할 만큼 일상에서 많이 앉고 선다. 이런 동작이 안정적이지 못하면 하루에 수

십 번 낙상 위험에 노출된다. 엄마는 마비된 다리에 감각이 떨어져 발이 앞으로 뻗치거나 벌어진 상태에서 다짜고짜 일어설 때가 많았다. 일어서는 순간 균형을 잃거나 뒤로 휘청할 수밖에 없었다. 마비 환자들은 균형을 잃는 순간 적절히 대응하기 어려워 곧잘 다친다.

"앞으로 당겨 앉고, 발 나란히, 발뒤꿈치 무릎보다 안쪽으로. 오른쪽 체중 싣고, 뒤꿈치로 바닥 밀면서, 일어나세요."

1년 동안 엄마가 자리에서 일어설 때마다 단계별로 반복한 말이다. 그런데도 엄마는 매번 아무렇게나 일어나려 했다. 1년을 징그럽게 반복하자 비로소 엄마 스스로 발 위치를 확인하게 됐다. 지금은 때때로 우리가 급하게 일으켜 세우려고 해도 가만있어 보라고 한 뒤 발 위치를 스스로 조정한다. 이 습관 덕분에 엄마가 안전하게 지내고 있다고 확신한다.

팔도 마찬가지다. 치료사는 항상 팔을 챙기라고 알려 줬다. 마비돼 감각이 없으니 쉽게 다칠 수 있고, 뻣뻣한 탓에 어딘가에 걸리면 골절로 이어질 수 있다고 했다. 엄마는 차에서 내릴 때 안전띠가 팔에 걸려 있는데도 그냥 내리려고 한다. 휠체어에 앉고 나면 덜렁거리는 팔이 바퀴 위에 걸쳐 있는데도 알아채지 못한다. 팔이 엉덩이 뒤에 걸려 있는데도 그냥 움직인다. 요즘 그런 일이 잦다 싶어서 팔 챙기라는 말을 자주 하던 차에 벌어진 사고다. 일어서는 과정처럼 마비된 팔을 챙기는 습관이 몸에 배어 있었다면 손가락 골절 때문에 이토록 고생하지는 않았을 것이다.

한때 나는 '작은 차이 만세!'라는 말을 마음속에 담고 지냈다. 길을 건널 때 초록 신호라도 반드시 왼쪽을 살피고 중앙선을 지나면 오른쪽을 살피며 지나는 습관, 대로변에서 골목길로 접어들 때나 골목길에서 건물 안으로 들어설 때 주변을 한번 살피는 습관, 매일 아침 눈을 뜨면 침구부터 가지런히 정리하는 작은 습관들이 결정적일 때 나를 구하리라 믿는다.

작고 사소한 습관이 우리 삶을 일상의 궤도 밖으로 이탈하지 않게 해준다. 사소해 보이지만 기본적인 것들이 우리를 지킨다.

엄마의 그리움을 따라가 본다

엄마는 쓰러지고 얼마 안 돼 장애 판정을 받았다. 아무리 애써도 이전 삶으로 돌아갈 수 없다는 선고 같았다. 삶의 많은 부분에 제약이 생기고 활동 반경이 턱없이 좁아졌다. 아직 젊고 건강한 자식들이 물심양면 지원하는 엄마 같은 사례도 그랬다.

당연히 외할머니와 외할아버지 산소에도 갈 수 없었다. 으레 그렇듯 산소는 산비탈에 있고 땅은 거칠며 수풀이 무성하기 때문이다. 외할머니를 생각하는 마음이 남다른 엄마라서 산소에 갈 수 없는 처지를 지켜보기가 안타까웠다.

세상 거의 모든 길을 보면 엄마가 진입할 수 있는지, 진입할 방법이 뭔지가 딱 보면 척 하고 떠오를 만큼 내공이 쌓였다. 산소에 도전하기로 했다. 산소 가는 길은 대체로 급경사였는데, 초입이 특히 험했다. 움푹 팬 땅에 물이 고여 있거나 진흙이 가득해서 업고 가기도 위험했다. 엄마는 다리가 공중에 뜬 업힌 자세에서 강직이 들어와 마비된 팔다리가 뻣뻣해질 게 뻔했다. 굳은 관절은 놀라울 정도로 힘이 강해졌다. 아무리 팔다리를 내리거나 굽히려 해도 엄마 스스로 편안한 상태에서 긴장을 풀지 않는 한 그럴 수가 없다. 그렇게 팔다리가 순간적으로 뻗치면 업기도 내려놓기도 난감해지는 위험한 상황이 벌어진다. 업고 있는 사람도 균형을 잃기 쉽고 엄마도 낙상 위험이 커진다. 차라리 걷는 편을 택했다.

막내 외삼촌은 산소 초입부터 산소에 오르는 모든 길에 있는 풀을 최대한 제거했다. 덕분에 제법 땅바닥이 보이니 해볼 만했다. 발목이 꺾일 때를 대비해 발목 보조기를 채운 뒤 내가 앞에서 이끌고 동생이 뒤에서 단단히 부축한 채 출발했다. 이 길을 끝까지 갈 수 있을지 확신할 수 없었지만, 외할머니를 만나게 하겠다는 목표가 선 이상 불가능에서 고개를 돌려 가능한 방법을 찾는 데만 집중하려 했다.

보통 그런 상황에서 노면 상태를 파악하고 엄마의 보행 특성과 컨디션을 고려해 발 디딜 곳을 찾는 일은 내 몫이다. 엄마는 내 손을 꽉 마주 잡고 내가 발로 짚는 곳으로 걸음을 옮긴다. 좋은 길을 찾아도 낙상 위험에 대비할 수 없다면 갈 수 없다. 단 한 번만 낙상해도 엄마 같은 사람은 삶의 질이 또 한 번 추락할 수 있기 때문이다. 힘으로 버틸 수 있는 든든한 동생이 뒤를 맡고 있어서 믿고 길을 터 나간다. 집중해서 한 발 한 발 나아간다. 팔다리에 이미 강직이 들어오기 시작한 엄마는 뻣뻣해진 몸을 떨면서도 자식들을 믿고 잘 따라온다.

드디어 산소가 보인다.

"엄마, 아부지, 란이 왔습니데이……."

엄마는 도착하자마자 울먹이더니 한달음에 달려가고 싶을 짧은 거리를 서툰 걸음으로 한참 걸어갔다. 애써 침착하게 걷던 엄마는 마침내 외할머니와 외할아버지 앞에 다다르자 두 손을 모으고 허리 숙여 펑펑 울기 시작했다.

외할머니는 내가 초등학생 때 뇌출혈로 돌아가셨다. 엄마를 데려간 병에서 살아남은 딸이 힘겹게 걸어 올라와 그리운 엄마 앞에 섰다. 산소에 다녀온 엄마는 드디어 부모님을 찾아뵌 안도감, 산소에 갈 수 있는 몸 상태가 된 뿌듯함 덕분인지 한동안 생기 있는 나날을 보냈다.

그 뒤로 친척들하고 함께 종종 산소를 찾는다. 길 상태가 괜찮을 때는 함께 올라간다. 상황에 맞게 다양한 방법을 시도하는데, 갈수록 수월해지는 느낌이다. 올라가지 못할 때면 엄마하고 나는 산소가 보이는 먼발치에 서서 인사를 올린다. 우리가 선 그곳은 나지막한 동산을 지나 엄마네 밭으로 가던 길목이라 한다. 그 길목을 지키는 복숭아나무가 때 되면 꽃을 피울 것이다.

그곳에 서면 엄마는 꼭 이 노래를 부른다.

"나의 살알던 고향은 꽃 피는 사안골. 복숭아꽃, 살구꽃, 아기 진다알래. 울긋불긋 꼬옻대궐 차리인 도옹네. 그 속에서 놀던 때가 그립습니이다."

꿈 많은 소녀 같은 눈빛을 한 엄마 머릿속에 어린 시절 행복한 장면들이 떠오르는 걸까? 엄마가 그 속에서 놀던 그때가 나도 못내 그립다.

3부

나를 돌보며 함께 간다

6장

———————————————— 돌봄이 나를 관통하는 동안

누군가를 구하려는 마음

나는 죄책감이란 것이 '먼저 달아난 사람'의 감정인 줄로만 여겼는데 그것이 '누군가를 구하려다 실패한 사람'의 것일수록 더욱 고통스럽고 지독할 수 있음을 알았다. 실은 죄에 대한 책임감이 아니라 누군가의 마지막을 목격한 것에 대한 책임감일 것이다.

— 홍은전, 《그냥, 사람》, 봄날의책, 2020

어떤 '마지막을 목격한 것에 대한 책임감'이나 '누군가를 구하려다 실패한 사람'의 고통은 마치 몸에 각인된 듯 떨치기 힘든 감정일지 모른다. 엄마와 나의 세계가 갈라지기 시작하던 생의 어떤 장면에서 나도 결코 자유롭지 못하다.

전조 증상을 알아채지 못하다

엄마는 겨울이면 동안거에 들어갔다. 일을 마치고 돌아오면 한 가정의 엄마라는 임무를 서둘러 끝내고 다시 삼광사로 가 부처님을 '믿는 자'가 됐다. 한 달 내내 가부좌를 틀고 앉아 밤샘 기도를 하는 동안거. 굳이 저렇게 해야 하나 싶었지만, 한때 온갖 시도를 다 해봐도 안 되는 사람을 '기도로 살렸다'고 믿는 엄마에게, 고달프게 살아온 엄마에게 종교는 붙들 곳이라 짐작했다. 그래서 말리지는 못했다.

어느 날은 엄마가 채 마르지 않은 젖은 머리로 길을 나섰다.

"엄마, 머리! 모자라도 써야지!"

그러나 엄마는 오늘 별로 안 춥다며 얼른 가면 된다고 말했다. '안 될 텐데…….' 우물쭈물하는 사이, 닫히는 현관문 사이로 엄마 모습이 사라졌다. 옅은 불안이 스쳤다.

밤샘 기도를 다녀온 엄마는 다음날부터 일만 마치고 오면 자리에 누웠다. 정확히 말하면 내 침대였다. 머리가 아프다고 했다. 팔다리에 힘이 쫙 빠진다는 말도 했다. 한사흘을 그렇게 앓았다. 많이 아파 보여 죽을 끓여 줬는데, 지금 생각해도 참 형편없었다. 밥솥에서 꺼낸 고두밥을 끓는 물에 푹 떠 넣고 휘휘 저어 끓이기만 했다. 흥건한 물에 밥알이 군데군데 뭉친 채 동동 떠다녔다.

"아이고, 맛있네."

성의 없고 맛도 없는 죽을 엄마는 식탁에 앉아서 힘겹

게 웃으며 받아 들었다.

그때만 해도 나는 설거지 한 번 한 적도, 세탁기 한 번 돌린 적도 없었다.

"이런 거 해볼 실 하면 어디 가서 자꾸 하게 된다. 결혼하면 하기 싫어도 해야 되니까 지금은 하지 마래이."

엄마가 늘 하는 말이었다. 설거지라도 한 번 할라치면 한사코 말렸다. 사실 설거지를 딱히 하고 싶지도 않던 나는 은연중에 못 이기는 척 물러섰다. 편안하게 살았다. 애써 감각하지 않는 사람에게 집은 일상 노동하고는 거리가 먼 휴식 공간일 뿐이었다. 엄마가 하는 고된 노동에 기댄 채 매일을 살았다.

주말 아침, 날이 유난히 추웠다. 컨디션이 조금 회복된 엄마는 이제 좀 살 만하다며 결혼식장에 갔다. 그리고 쓰러졌다. 오로지 나만이 목격한 사흘 동안 이어진 두통은 전조 증상이었다. 나는 전조 증상을 전혀 알아채지 못했다. 기껏해야 걱정스러운 눈빛으로 형편없는 죽이나 끓여준 딸이었다. 엄마의 인생이, 우리 가족의 운명이 낭떠러지를 향해 빠르게 내달리던 시점, 어쩌면 미래의 내가 손에 땀을 쥐고 간절하게 알아차리라고 응원하게 된 며칠, 나는 끝끝내 곤두박질하는 열차를 멈춰 세우지 못했다.

평소 잦은 두통에 시달린 엄마이지만 '왠지 이번에는

다르다'는 느낌이 들 때, 그 느낌을 붙잡고 병원에 갔더라면 어땠을까.

"휴, 진짜 큰일 날 뻔했네. 완전 신의 한 수였어!"

웃으며 이렇게 말할 수 있는 에피소드로 끝나지 않았을까. 그럼 얼마나 좋았을까. 아니 그때 정성스럽고 맛있는 죽이라도 끓였다면 어땠을까. 문득문득 그날 그 방 안에서 끙끙 앓는 엄마를 걱정스레 지켜보던 내 모습에 생각이 가닿는다. 건강한 엄마를 마지막으로 목격한 내가 거기 있었다. 서늘한 원망과 자책으로 눈길 닿는 곳마다 서리꽃 같은 통증이 피어났다.

혼자 일상으로 돌아오다

1년 6개월 휴직 기간이 끝나 가고 있었다. 6개월 바짝 열심히 하면 되리라 예상했는데, 어림없다는 사실을 깨닫고 6개월을 연장했다. 엉덩이 붙일 새도 없이 움직였다. 조금만 더 하면 기대한 만큼 회복되리라 믿으며 다시 6개월을 연장했다. 목표가 뚜렷하고 간절해서 그랬을까. 아니면 아플 겨를도 없다는 현실을 알아차려서 그랬을까. 몸과 마음을 그 오랜 시간 쉼 없는 컨베이어벨트처럼 돌리고 또 돌려도 몸살 한 번 앓지 않았다. 그러는 사이 침상 옆에 놓인 미니 화이트보드는 재활 의지를 북돋는 명언이나 엄마하고 한 약속 대신 디데이를 알리는 숫자가 채우기 시작했다.

"진화가 옆에 있을 때 더 열심히 할걸, 그쟈."

줄어드는 숫자를 아쉬워하며 엄마는 불안해했다. 조금 더 엄마 곁에 있고 싶지만 언제까지 병원에서 지낼 수는 없는 노릇이었다. 병원 밖에서 내가 나서서 해야 할 일이 있었다. 집이 엘리베이터 없는 4층이라 집을 먼저 구하고 엄마가 일상생활에 복귀할 준비를 본격적으로 해야 했는데, 내가 병원에 있는 1년 반 동안 진전이 없었다.

서울 생활을 정리하고 내려와 나는 복직했고, 퇴근한 뒤에는 병원을 오가면서 필요한 준비를 했다. 엄마는 아빠하고 함께 부산에 있는 병원에서 재활을 이어 갔다.

다시 시작한 일은 힘들지만 재미있었다. 과밀 학급에다 특수 교육 현장에서 요구되는 다양한 지원 업무 중에 거를 타선이 없었다. 장애 유형과 특성이 제각각인 학생들이 법정 인원수를 훌쩍 넘겨 생활하는 만큼 교육 요구도 다양하기 때문이었다. 가자마자 학교 폭력 문제도 터졌다. 그러나 문제를 해결하는 기쁨도 컸다. 다시 이 사회의 일원이 된 듯한 묘한 안도와 행복이 차올랐다. 일하는 중에도 엄마가 눈앞에 아른거려 시간 안에 업무를 끝내려고 빈틈없이 일했다. 엄마가 아빠보다는 조금 더 살갑게 챙기는 딸을 기다린다는 사실을 알기 때문에 퇴근 시간이면 기쁜 마음으로 병원을 향해 내달렸다. 비록 동료들하고 차 한 잔할 틈도 없이 일만 하는 일상이었지만, 일과 돌봄을 모두 잘 해내고 있는 듯한 성취감도 들었다.

그러던 내가 점점 우울해지기 시작했다. 기쁜 마음으로 달려가던 퇴근길도 아팠다. 보호자 침대를 벗어나 내 방 침대에서 몸부림을 치며 잘 수 있게 됐는데, 편안한 잠자리마저 우울했다.

'온 힘을 다해도 해내지 못했구나.'

엄마를 일상으로 돌아오게 만들겠다고 약속해 놓고 나 혼자 돌아왔다. 나는 일상의 기쁨을 하나둘 회복하는데 엄마는 여전히 병원에 있었다. 내 일이라면 최선을 다한 만큼 후회할 이유도 없었다. 그러나 엄마 인생이 걸린 문제 앞에서는 최선을 다한 탓에 오히려 패배감이 들었다. 엄마 없이 나 혼자 누리는 일상이 외롭고 미안했다.

엄마가 쓰러진 뒤 내내 병원에서만 살다가 1년 반 만에 돌아온 집에서 처음으로 경험한 엄마의 부재도 영향이 컸다. 언제나 밥 짓는 소리나 그릇 달그락거리는 소리로 나를 깨우던 주방은 온종일 조용하기만 했다. 어두운 방 안에서 침대에 등을 기댄 채 웅크리고 앉아 열린 문틈 사이로 하염없이 싱크대만 바라봤다. 늘 거기 그 자리에 서 있던 엄마의 옆모습이 떠올랐다. 엄마는 출근할 때면 거울 앞에서 분주한 나를 위해 간단한 아침 식사를 쟁반에 담아 갖다 줬다. 물만두, 주먹밥, 적은 밥과 먹기 편한 몇몇 반찬 같은 것들. 감사를 말하는 날보다 귀찮아 한 날이 더 많았다. 아침 안 먹는다니까 왜 또 가져오느냐며 투덜대고는 엄마를 위해 몇 젓가락 '먹어 드렸'다. 머리끝부터 발끝까지 멋들어지게 차려입고 나가서는 돌아오면 빨랫감을 세탁기 옆에 휘휘 던져 놓던 철없는 내 모습이 떠올랐다. 혼자 끼니를 준비하고 설거지하고 빨래하는 평범하고 고된 일상 노동에 시달리는 순간마다 '이런 건 결혼하고 해라'며 손도 못 대게 한 엄마가 떠올랐다. 철없는 나에게 이런저런 잔소리를 해줄 사람이 이제 없다. 내가 서울로 간 동안 이 집에 남아 있던 아빠와 동생은 벌써 겪고 지나온 마음일 테다.

위로를 보내며 나아가기

위로를 하려면 그들이 무엇을 견디고 있는지 알아야 하고, 응원하기 위해선 그들이 어디까지 와 있는지를 보아야 한다. …… 그 슬픔의 바다에서 사람을 구하는 것 또한 결국 누군가가 내민 손이라는 것을 온몸으로 증언한다. 그들은 고통을 해석하는 힘이 있고 그 슬픔이 자신을 보다 성숙한 곳으로 데려갈 것임을 알고 있다.

— 홍은전,《그냥, 사람》, 봄날의책, 2020

나 혼자 일상으로 돌아왔다는 자책, 최선을 다했지만 엄마를 데려오지 못했다는 패배감은 조금 늦어도 엄마가 퇴원하면서 어느 정도 해소됐다. 그러나 엄마가 뇌출혈 전조 증상을 겪는 동안 형편없는 죽을 끓여 준 일밖에 없다는 사실, 엄마를 향해 덮쳐 오는 파고 앞에서 무지하고 성의 없었다는 죄책감은 10년이라는 시간 동안 엄마 곁을 지켜도 떨치지 못할 감정으로 남았다. 내가 현명했다면 엄마 인생을 바꿀 수 있었다는 자책은 앞으로도 나에게서 완전히 떨어지지 않을 듯하다.

그러나 우리는 어떤 상황에서도 우리 자신을 안아 줘야 한다. 내 모든 지혜와 운을 그날 그 시점에 끌어모아 엄마를 구했다면 가장 좋았겠지만, 우리는 삶을 완벽히 통제하고 예비할 수 없다. 잊을 만하면 찾아오는 죄책감에서 '누군가를 구하려고 했던 마음'만 가져가려고 노력한다. 엄마를 구하고 싶고, 되돌리고 싶고, 최대한 나아지게 하고 싶은 내 마음은 진심이었다. 그 마음이 커서 죄책감과 고통도 큰 것이라 믿어 본다.

살다가 불현듯 일어나는 어떤 직관적인 '느낌'을 놓치지 않기로 한다. 한 사람의 인생을 바꾸는 크고 작은 일들은 그냥 오지 않는다. 습관을 바탕으로 몇몇은 예측할 수 있고, 주변 사람과 상황을 통해 반드시 어떤 징후를 보내기도 한다. 그런 감각들을 흘려보내지 않고 기민하게 포착하며 살아가려 한다.

또한 나는 엄마가 겪는 고난 앞에 누구보다 앞서 손 붙잡아 주고픈 '마음'이 있었다. 누군가 가장 힘들 때 모든 것을 내려놓고 곁에 서는 '실행'이 있었다. 엄마어서 할 수 있었고, (늘 반론을 속으로 삼키지만) 다른 사람들 말처럼 내가 비혼이어서 할 수 있었다. 그러나 딸이라고, 비혼이라고 모두 나 같은 길을 선택하거나 나 같은 밀도로 돌봄을 이어 가지는 않는다. 어쩌면 내 시선이, 내 에너지가 아프고 그늘진 자리를 향한다는 방증일 수 있다. 거기에 더욱 더 나다운 내가 되는 길, 내가 이번 생에 태어난 이유가 있을지도 모르겠다.

이런 자각, 내가 지금 어디까지 와 있는지를 깨닫는 마음은 위로가 된다. 그 경험이 나를 어딘가로 데려가고 있기 때문이다. 아니 그 경험을 통해 내가 이전에 보지 못한 세계로 나아가고 있기 때문이다. 지금 내 힘은 미약해도 누군가를 구하려는 귀한 마음을 살려 보고 싶다. 엄마 곁에 선 경험을 내 언어로 계속 해석해 보려 한다. 그 과정을 통해 내 경험이 개인적 차원에 머물지 않고 멀리 나아가기를, 공감과 연대를 거쳐 공동체하고 함께 성장하기를, 그리하여 아픔이 새로운 길이 되기를 꿈꾼다.

다정하지 않아도 차갑지는 않게

드라마 〈슬기로운 의사 생활〉을 즐겨 봤다. 진정성 있게 환자들 이야기를 들어주고 아픔에 깊이 공감하는 의사들이 대거 등장했다. 인간적이면서 실력마저 좋았다. 시청자들은 현실에서 불가능한 판타지가 아니냐고 말하기도 했다.

대구에서 쓰러진 엄마가 처음 실려 간 곳은 G병원이었다. 신경외과 주치의는 회진 시간이면 굳은 얼굴로 나타나 말했다.

"이제 피가 멎었고, 재출혈은 걱정하지 않아도 되겠습니다."

"물리 치료 한 번 해봅시다."

짧은 한마디만 남기고 의사는 사라졌다. 피가 멎고 재출혈 위험이 사라진 상태가 어떤 의미인지, 그때부터 무엇이 중요한지 전혀 알려 주지 않았다.

재활 병원으로 옮긴 뒤 엄마 대신 외래를 보러 G병원에 갔다. 아직 가족들 이름을 잘 구분하지 못한다고 걱정하자 의사는 호통 치듯 말했다.

"지금 그게 중요한 게 아니에요. 걸어야지. 이제는 인지는 포기해야 돼. 무조건 걸어야 돼. 시간 완전히 헛 보냈구만!"

호통만 있을 뿐 어떤 설명이나 근거도 없었다. 우리는 인지를 포기하지 않고 엄마는 때때로 말을 더듬고 낱말을 떠올리기 힘들어하지만 무리 없이 일상적인 의사소통을 하면서 지냈다.

의사 말은 틀렸다. 또는 적절하지 않았다. 인지보다 걷기가 중요하니 지금은 걷는 데 더 중점을 두라는 뜻인지도 모르겠다. 그러나 무턱대고 인지를 포기하라는 말에 이 병을 잘 알지 못하고 경황도 없던 나는 어마한 충격을 받고 펑펑 울었다. 애쓰고 있는 가족들에게 한 달을 헛 보냈다는 호통은 자책을 불러왔다. 왜 그런 판단을 하는지, 한 달이면 어느 정도 경과를 보여야 하는지, 어떤 운동을 더 해야 하는지 두세 마디 덧붙이기가 그렇게 힘들었을까?

대구에서 실려온 뒤 뇌출혈 급성기를 잘 본다는 병원이 있다고 해서 뇌 시티, 엠아르아이 자료를 가지고 급히 찾았다. 일하는 중에 퀵 서비스로 자료를 받아 어렵게 시간 맞춰 병원에 갔다. 출혈량과 부위를 보는 의사에게 내가 물었다.

"출혈량이 어떤 정도인가요? 많나요, 적나요?"

"그걸 왜 나한테 물어요. 그쪽 병원에 물어보지 않고? 피를 빼내 주면 회복이 빠르긴 한데……."

의사는 퉁명스럽게 답변하더니 혼잣말을 했다.

자기 병원으로 전원한 뒤 피 빼는 시술을 하거나 약물 치료를 하면 된다고 했다. 대구 병원에서 지금 입원한 G병원으로 이미 한 차례 전원을 한데다가 며칠 간 약물 치료를 한 터라 피 빼는 시술이 지금 어느 정도 효과가 있을지 궁금했다. 비전문가인 내가 선택을 내리기에는 정보가 턱없이 부족했다. 답답하고 간절한 마음에 만약 당신 가족이라면 어떤 쪽을 선택하겠냐고 물으니 의사는 여전히 퉁명스럽게 대꾸했다.

"그건 알아서 선택하세요."

마음이 상했다. 뇌수술을 앞둔 환자가 다른 병원에 교차 점검을 하러 가면 잘못일까? 당연히 장단점을 비롯해 다른 의견이 궁금했다. 선택은 보호자 몫이지만 전문가로서 의견을 말할 수 있다고 생각했다. 책임을 물까 봐 걱정이 된다면 말투라도 달리 할 수 있었다. 의사한테 조언을 구할 수 없게 된 나는 최선의 결정이라는 짐을 홀로 지고 무거운 발걸음으로 병원을 나왔다. 6차선 왕복 도로를 지나는 자동차 소리가 칼바람처럼 시렸다.

엄마는 발가락 강직으로 통증이 심했다. 걸음을 내디딜 때마다 통증으로 얼굴이 일그러질 때가 많았다. 대체 어떤 통증일까 애가 쓰여 나도 엄마처럼 발가락을 옹그린 채 걸어 봤다. 한 걸음도 아팠다. 발가락 통증을 해결하려고 다양한 방법을 찾고 여러 의사를 찾아갔다. G병원 족부 전문의를 예약하고 몇 달을 기다려 외래 진료를 봤다. 예약하고도 한참 기다린 끝에 만난 의사는 엄마 발을 보자마자 눈 한 번 쳐다보지 않고 모니터만 바라보며 말했다.

"이거 어쩔 수 없습니다. 그냥 이렇게 살아야 됩니다. 누가 수술하자는 의사 있으면 절대 수술하면 안 됩니다."

진료는 그렇게 끝이었다. 다급하게 몇 가지 질문을 던지자 의사가 빠르고 간단하게 답했지만, 황당하고 불쾌해진 나는 한마디 하고 나왔다.

"환자는 온갖 고민을 하면서 몇 달을 기다려 의사를 만나러 왔는데, 그렇게밖에 말을 못 하나요?"

그제야 겨우 의사 눈을 마주 볼 수 있었다. 엄마는 다른 대학 병원 의사가 소개한 보조 기기를 써서 통증을 줄일 수 있었다.

급성기를 보내고 입원한 재활 병원은 N병원이었다. 직전에 P병원에 이틀 있었다. 대학생 시절 자격증 과정을 이수할 때 재활 병원 견학 프로그램이 있었다. 그때 P병원은 지역 최초 재활 전문 병원이고 일상생활 복귀에 맞춘다고 들은 기억이 났다. 시설은 조금 낡은 곳이지만 그런 평가를 믿고 P병원으로 전원했다.

전원하자마자 아직 대소변도 제대로 못 가려서 수시로 실수하고 기저귀를 갈아야 하는 엄마에게 일상복을 입으라고 했다. 일상에 가까운 환경을 조성하느라 그렇다고 하는데, 난감했다. 통이 큰 고무 바지 형태 환자복도 힘든데 몸에 비교적 딱 맞는 일상복을 입고 두툼한 기저귀를 한 상태에서 배변을 돕기가 쉽지 않았다. 엄마는 산소 포화도가 일정하지 않아 대학 병원에서 자주 바이탈 체크를 했다. 그런데 전원 하루 만에 바이탈 체크 횟수가 줄어드니 불안했다. 처음부터 원하는 원장이 주치의로 배정되지도 않아서 급히 다른 병원을 알아보고 다시 전원을 했다.

원장은 자존심이 상한 듯했다. 수간호사는 유명한 원장을 두고 한참 후배가 운영하는 병원으로 옮긴다며 아쉬워하더라고 전했다. 죄송하지만 이 병원의 좋은 점을 잘 알고 있으니 상태가 조금 나아지면 다시 오겠다고 말했다. 바이탈이 안정된 상태에서는 단순히 재활 운동만 하지 않고 일상 복귀를 지원하는 시스템을 갖춘 점에서 괜찮은 병원이라고 생각했다.

1년이 훌쩍 지난 뒤 엄마가 지낼 집을 마련하는 동안

병원 생활을 연장해야 했다. 발병한 뒤 시간이 제법 지나 재활 전문 병원으로 갈 수는 없었고, 요양 병원이나 재활 요양 병원을 알아봐야 했다. 아직 엄마가 재활하려는 의지가 강해서 요양 병원은 가고 싶지 않았고, 다시 P병원을 떠올렸다. 원장은 돌아온 우리를 탐탁지 않아 했다. 충분히 그럴 수도 있다고 생각한 나는 엄마가 얼마나 열심히 재활하고 있는지, 가족들이 얼마나 열정적으로 돕고 있는지, 일상 복귀는 어떻게 준비하고 있는지 호소했다. 원장은 '병원에서 시키는 대로, 하라는 대로 따를 것, 병원 방침에 얼마나 잘 협조하는지 한 달 간 유예 기간을 둘 것'을 전제 조건으로 전원에 동의했다. 우리는 늘 그렇듯 열심히 운동하고 병원 방침을 잘 따랐지만, 원장은 말했다.

"2년을 헛 보냈다. 안타깝네. 우리 병원에서 재활했으면 이러지 않았을 텐데."

원장은 이런 말을 엄마 앞에서 아무렇지 않게 하고 혀를 끌끌 차기도 했다. 집을 구하고 이사하는 일이 마치 한 달 안에 끝낼 수 있는 단순 업무인 양 왜 빨리 일상 복귀를 준비하지 않느냐고 했다. 다른 환자를 대하는 모습하고 다르게 엄마에게 그렇게 다정해 보이지도 않았다. 볼 때마다 언제 퇴원하느냐고 묻는다며 아빠도 화를 냈다.

가장 큰 문제는 열심히 재활하면서 어느 병원을 가나

칭찬받고 의지가 충만하던 엄마가 '운동을 잘못했다'는 말에 의기소침하고 우울해하기 시작한 점이었다. 아무리 재활 운동을 잘하는 곳이라도 환자와 가족의 재활 의지를 꺾어 버리면 아무 소용이 없었다. 우리는 다시 병원을 옮겼다. 가족 모두 P병원에서 얻은 우울감을 벗어나는 데 시간이 좀 걸렸다. 차라리 다른 병원을 알아보기를 바란다고 깔끔하게 말하면 어땠을까.

어떤 사람들은 말한다.

"의사가 착하고 친절하면 뭐 해. 병만 잘 고치면 되지."

그 말도 맞다. 착하고 친절하기만 한 의사보다 불친절해도 빠르고 정확하게 잘 치료하는 의사가 더 나을 수도 있다. 그러나 환자 목숨이 경각에 달린 상황이 아니면 심리적인 요소를 결코 가볍게 볼 수 없다. 의사의 말과 태도는 환자와 보호자의 마음을 안정시키는 힘이 있다. 반드시 친절과 실력 중에 양자택일해야 하는 문제는 아니다.

의사들도 많은 환자와 격무에 시달리고 있다는 사실은 안다. 그러다 보면 쓸데없는 호통을 치고 상처 주는 말도 무심히 내뱉을 수 있다. 다정함까지 바라지는 않는다. 의사가 건네는 한두 마디가 보호자의 며칠을 아낄 수 있고 환자의 건강 상태에 중대한 영향을 미칠 수 있다는 사실이 중요하다. 굳이 다정하지 않아도 차갑지는 않게.

자기 결정권

장애인의 자기 결정권에 영향을 미치는 가장 가깝고 강력한 존재이기 때문에, 그들의 가장 큰 적은 사회복지 업계 종사자와 가족이라고 합니다. 저는 남편의 자기 결정권에 늘 침범하는 사람이었고, 인생의 여러 선택 앞에 늘 당당하게 제 주장을 우선시하였습니다. 고마운 사람이 되기는커녕, 어느덧 가장 가까운 거리에서 상처를 주는 사람이 되고야 말았습니다.

— 권지명, 《당신을 만나지 않았더라면》, 설렘, 2022

삶에 질문을 던지는 문장들은 때때로 우연을 가장하여 필연처럼 우리를 찾아온다. 이 문장이 그랬다. 날카로운 질문이 돼 '엄마의 주 보호자'인 나를 파고들었고, 2023년 2월 25일 서울에서 열린 북 토크까지 찾아가게 했다.

자기 결정권. 의미를 대략 알지만 정확한 정의가 궁금했다. 대한민국 헌법 제10조에 근거해 사적 영역에서 국가

권력의 간섭 없이 스스로 결정할 수 있는 권리다. 헌법재판소는 '존엄한 인격권을 바탕으로 하여 자율적으로 자신의 생활 영역을 형성해 나갈 수 있는 권리', '인간의 존엄성을 실현하기 위한 수단으로서 인간이 자신의 생활 영역에서 인격의 발현과 삶의 방식에 관한 근본적인 결정을 자율적으로 내릴 수 있는 권리'라고 판시하고 있다. 일상에서 빈번히 행해지는 '자기 결정'을 설명하기 때문에 헌법재판소가 내린 정의가 좀더 적절하게 느껴진다.

자기 생활 영역에서 '삶의 방식에 관한 근본적인 결정'을 '스스로' 내릴 수 있는 권리인 자기 결정권을 엄마는 엄마의 생활 영역에서 얼마만큼 누리고 있는지, 보호자인 나는 자기 결정권을 허용하고 있는지 반성이 밀려왔다.

엄마가 쓰러진 초반에 엄청난 중압감으로 나를 짓누른 것은 바로 '결정권'이었다. 엄마 머리에 칼을 댈지, 아니면 약물 치료를 할지 결정하는 문제도 거의 내 몫이었다. 이 선택에 엄마의 '예후', 그러니까 남은 삶이 달려 있다는 사실을 어렵지 않게 예상한 나는 너무 두려웠다. 끝끝내 회피하고 싶었지만, 그럴 수 없었다. 의식 없는 엄마는 자기 삶을 온전히 타인에게 내맡기고 있었기 때문이다. 결정권자로서 내세울 거리라고는 최선의 선택을 하고 싶다는 절실한 마음뿐이던 나는 울고 싶은 심정이었다. 결정을 내린 뒤에도 내내 이런 목소리가 나를 떠나지 않았다.

'그 결정, 최선이 확실해? 아니면 어쩔 거야, 너?'

이런 중압감은 재활 병원을 옮길 때마다, 재활 과정 매 순간마다 나를 찾아왔다. 서울에서 병원 생활을 정리하고 엄마를 다시 부산 병원으로 입원시킨 뒤 1년 반 만에 복직한 때, 중압감은 우울이 되기 시작했다.

'그때 수술을 했다면 회복이 빨랐을까.'

'그때 부산에 남아 있었으면 어땠을까.'

'그때 다른 병원으로 갔다면, 다른 운동법을 적용했다면 어땠을까.'

엄마의 현재는 내 숱한 판단과 선택의 종합 결과표 같았다. 엄마가 여전히 할 수 없는 어떤 것들 때문에 힘들어하고 눈물 지을 때마다 나는 말 못 하게 괴로웠다. 학창 시절에 본 적 없는 엉망진창 성적표를 받아 든 듯 머리를 갖다 박고 싶은 심정이었다. 엄마는 내게 내가 한 선택에 책임을 져야만 하는 어떤 존재가 됐다.

발병하고 의식 없던 상황에서 자연스레 자식들에게 내 맡겨진 엄마의 자기 결정권은 그 무게만큼 두렵고 괴로운 시간을 거쳐 점차 '당연한 내 것'이 됐다. '당연한'은 쉽다는 뜻일 수 없다. 엄마 삶에 중요한 결정을 대신해서 내리는 일은 여전히 어려워서 동생하고 상의하려고 노력했다.

그러나 이런 노력이 때로는 엄마를 쥐고 흔드는 무기가 되기도 했다.

일상생활에서 엄마를 중심에 놓고 생각하려고 노력했다. 특수 교사다 보니 일상생활에서 자립하는 데 필요한 기능적 기술들을 잘 알고 있었고, 엄마에게도 최대한 적용할 수 있었다.

마비된 쪽인 휠체어 오른쪽 잠금 장치를 길게 연장했다. 왼손으로 휠체어를 직접 잠궈 스스로 안전을 지킬 수 있었다. 낙상 없이 스스로 앉고 서는 법을 분석해서 단계별로 훈련했다. 놀랍게도 1년이 걸렸다. 1년을 매일같이 하루에도 수십 번 앉고 일어설 때마다 똑같은 도움말을 반복했다. 집 안에서 안전하게 지낼 수 있게 안전장치를 마련했고, 오른손이 하던 일을 왼손으로 해낼 방법을 찾았다.

장을 볼 때는 되도록 함께 가서 직접 물건을 고르게 했다. 조금 번거롭고 비효율적이지만 웬만하면 휠체어를 진열대 가까이 대거나 엄마를 자리에서 일으켜 세웠다. 엄마는 사람들 틈바구니에 섞여 잘 익은 수박을 고르며 즐거워하거나 '당근은 이래 꼭지가 작아야 오지다'라며 좋은 채소를 고르는 법을 설명했다. 마치 내게만 특별히 알려주는 비밀인 양 조심스럽고 의기양양한 말투로 말이다.

앉아서 바라보기만 하다가 적극적으로 참여하는 존

재, 아는 것을 나누는 존재가 되면 엄마는 한순간 생기가 돌았다. '딸이 대신 해주지 왜 저러나?' 싶은 눈으로 쳐다보는 사람도 있었지만, 반보 정도 비키며 배려하거나 적극적인 모녀를 신선하게 바라보고 응원하는 사람도 있었다. 가족을 위해 신선한 식재료와 과일을 골라내는 기쁨을 회복하고 조금 불편해도 서로 배려하며 같은 공간에 섞이는 경험을 통해 일상으로 돌아갈 수 있다고 생각했다.

가고 싶다는 곳은 가게 해줬다. 동창회에 함께 갔고, 친구하고 가는 여행에 조력자이자 가이드로 참여했다. 재가 서비스나 주간 보호 센터를 이용하는 문제도 결국 엄마 뜻에 따랐다. 주간 보호 센터를 완강히 거절할 때는 동생하고 내가 몇 달간 주 1회씩 반차를 내서 운동을 시켜주는 식으로 부족한 부분은 어떻게든 메꿨다.

그러나 자기 결정권을 보장하는 만큼 나는 엄마의 생활 양식과 의사를 결정짓고 강요한다. 다 엄마를 위해서, 엄마를 안전하게 지키기 위해서 하는 일이라고 자신하면서 말이다.

타일 바닥 위에 서서 빨래를 걷다가 낙상할 위험이 있다며 앞 베란다에는 들어가지도 못하게 했다. 가뜩이나 좁아진 엄마 세상에 또 하나 금을 더했다. 양수 냄비를 번쩍 들면 하나밖에 남지 않은 팔에 무리가 가니 우리를 부르라고 했다. 늘 대기조처럼 곁에 있지도 않으면서. 위험하다고 혼자서는 샤워도 못 하게 했다. 씻고 싶을 때 씻지 못하는 찝찝한 기분을 잘 알면서도. 잔소리하다 지친 우리가 조금씩 안전한 방법을 찾자 엄마는 모든 일들을 무리 없이 해냈다. 우리 일상은 빼앗긴 자기 결정권을 조금씩 되찾아 가려는 엄마의 시도와 안전을 걱정하는 우리의 방어 속에 지나왔다.

물론 여전히 허용하지 못하는 것들도 있다. 엄마는 요양 보호사 문제를 센터하고 직접 소통하고 싶어하지만 우리는 허용하지 않는다. 뇌출혈 후유증으로 정확하고 빠른 의사소통이 어려운데다가 엄마와 내가 각자 연락하면 센터에 혼선을 줄 수 있다고 판단했다. 그러나 다른 면에서 바라보면 효율성과 정확성을 내세워 엄마가 자기 문제를 스스로 말할 기회를 뺏는 선택이기도 했다. 더디지만 의사소통이 전혀 불가능한 상황은 아니기 때문이다.

엄마는 아파트 입구나 둘레길까지 지팡이를 짚고 혼자 나가고 싶어한다. 간혹 혼자 외출을 감행하려 하지만 절대 허용하지 않는다. 안전이 가장 큰 이유라고 말했지만, 사실 번거로워서 방법을 찾지 않기도 했다. 그럴 때 계속 뜻을 관철하려 하는 엄마에게 나는 몸서리치듯 으름장을 놓았다.

"그러다 낙상이라도 하면 고관절 나가요. 그때는 지금 누리는 것마저 누릴 수 없어요. 방구석에만 있어야 할지도 모른다고요. 그러다 넘어지면 나는 진짜 두 번은 간병 못 합니다."

나는 장애 때문에 생긴 엄마의 제한된 자기 결정권을 되살리고 북돋는 존재인 동시에 당당하게 침범하는 사람이기도 했다. 마치 엄마의 엄마인 양 엄마도 평생 넘지 않은 선을 넘나들고 있었다. 엄마에게 준 상처가 셀 수 없다.

장애인 당사자의 자기 결정권은 가족 돌봄이라는 굴레 안에서 영원히 해결하기 어려운 문제다. 무엇이 우선하는 가치인지, 어디가 적절한 선인지 정답이 없기 때문이다. 돌봄자에게 효율과 정확성은 단지 경제적 가치가 아니다. 돌봄자 정체성을 뺀 자기 자신으로 살아가기 위한 시간과 에너지를 확보해야 하기 때문에 장애 당사자의 자기 결정권을 무한대로 보장할 수 없다. 그렇다고 자기 삶을 스스로 결정하고 주체적으로 살아가고 싶다는 욕구가 잘못도 아니다. 여건만 된다면 마땅히 지원해야 한다. 이 제로섬 게임을 어떻게 해야 할까?

돌봄의 수준은 대체로 돌봄을 전담하는 가족 구성원 개인에게 달려 있다. 가족이 사회적 자아와 자기를 포기하고 돌봄에 얼마만큼 시간을 할애할 수 있는지, 재활과 돌봄을 얼마나 이해하고 있는지, 필요한 정보와 제도에 제때 접근할 수 있는지가 중요하다. 문제는 그런 조건이 가족마다 천차만별이라는 데 있다. 이 지점에서 사회적 관심과 책임 있는 국가 지원이 절실하다. 누구에게나 환경에 좌우되지 않는 일정한 수준의 돌봄이 필요하기 때문이다.

뇌병변 장애인 앞에 놓인 과제는 결국 일상 회복이다. 오래 지켜본 결과 뇌졸중이라는 병은 1년여까지 재활 운동에 집중해 잔존 능력을 최대한 되살리고, 그뒤부터는 장애가 남은 상태에서 일상에 다시 적응하며 살아갈 방법을 찾아내야 한다. 일상에서 맞닥뜨리는 다양한 문제를 함께 고민하고 조율해 주는 기관이나 돌봄 매니저 같은 존재가 있으면 좋겠다. 돌봄자들에게 전반적인 해결 방안을 제시하고 필요한 정보와 적절한 제도를 연결해 준다면 그만큼 덜 헤매고 더 빠르게 일정 수준의 돌봄에 도달할 수 있지 않을까?

모든 아이가 부모와 사회의 돌봄 속에 성장할 수 있게 촘촘하게 마련된 공교육을 받듯, 별안간 생의 과업을 거꾸로 거슬러 간 위태로운 사람들에게 버팀목이 되는 사회를 희망한다. 국가는 복지를 넘어 자기 결정권을 보장하겠다는 의지를 보여 줘야 한다. 간병 때문에 터져 나오는 다양한 가족 문제를 해결해 가정을 건강하게 지켜낼 수 있어야 한다. 환자하고 함께 고립된 돌봄자의 삶이 무너져 내리지 않게 떠받치고 우리 사회가 돌봄과 개인의 삶이 양립할 수 있는 곳이라는 사실을 증명해야 한다.

효녀라는 그 흔한 칭찬

엄마가 준중환자실에 있을 때다. 맞은쪽에 비위관을 하고 있는 할아버지는 거동을 하지 못해 종일 누워 있었다. 늦둥이인가 싶게 젊고 예쁜 딸이 곁을 지켰는데, 어느 날 병실 사람들 이목에 아랑곳하지 않고 아버지에게 언성을 높이고 볼멘소리를 쏟아 냈다. 두 번 세 번 반복했다. 정확한 내용은 기억나지 않지만 그런 행동을 계속하면 상황이 나빠진다는 말을 들으니 조절이 잘 되지 않는 어떤 행동 때문에 일어난 상황 같았다. 옆 사람이 소곤댔다.

"나가 놀아야 하는데 아빠 때문에 못 하니 화가 나나 보지!"

그때 '세상 버릇없는 딸' 보듯 한 나는 간병 생활이 이어지는 어느 순간 깨달았다. 갈수록 줄어드는 회복 가능성에 조바심하거나 낙상 위험에 늘 대비해야 하는 전쟁 같은 재활 병원의 일상에서 그 정도는 아무것도 아니라는 사실을 말이다. 높아지는 언성 이면에는 준중환자실과 중환자실을 불안하게 오가며 마음을 졸이고, 환자가 행동을 조절할 수 있기를 애타게 바라고, 아무리 힘들어도 곁을 지키는 사랑이 있었다.

옆 사람이 비아냥거리는 말도, 내 차가운 눈빛도 그 딸은 아프게 기억하고 있을지 모른다. 사정이 있겠거니 이해하고 감정의 키를 되도록 빠르게 잡기를 바라는 마음 말고 내가 할 수 있는 것은 없었다.

나도 그런 파편 같은 기억이 많다. 공중화장실이었다. 엄마 손을 씻기고 핸드 타월을 가져오는 동안 힘없이 뻣뻣하기만 한 오른손을 왼손 위에 올려 줬다. 물론 손들고 있으라는 당부도 잊지 않았다. 그러나 몇 초 사이에 물이 흥건한 세면대 위에 손을 내리고 세상 무해한 눈빛을 하고 있는 엄마를 보니 한숨과 잔소리 폭풍이 몰려왔다.

'수천수만 번 손을 씻겨 드렸는데, 손을 씻길 때마다 반복하는 절차인데, 들고 있으라고 매번 입 아프게 말도 했는데, 도대체 왜!'

이토록 간단하고 자주 반복한 일을 제대로 할 수 없는 이유는 뇌 손상이나 부주의 때문이지 나를 괴롭히려는 의도는 전혀 없다는 사실을 잘 알면서도, 나는 엄마에게 공격받는다고 느꼈다. 언제까지, 어디까지 인내할 수 있냐고 묻는 듯했다. 신경질적인 잔소리를 쏟아 냈다. 화장실을 나가려던 아주머니가 멈춰 서서 경멸하는 눈빛으로 나를 바라봤다. 아주머니 눈에 나는 분명히 장애 있는 엄마를 구박하는 버릇없는 딸이었다. 공중화장실 세면대 위에 깨끗이 씻은 손 좀 내려 놓은 행동이 뭐가 그리 큰 잘못인지 이해할 수 없을지도 모른다.

도돌이표 같은 상황에 순간적으로 환멸을 느낀 나를 '두둔하는 나'와 아주머니가 내게 보낸 똑같은 눈빛으로 '자기비판을 가하는 나'가 팽팽하게 대치했다. 어느 날은 가만히 손을 다시 씻기고 다른 날은 꾹꾹 눌러 담다가 또 어떤 날은 결국 참지 못하는 내 모습이 모두 기분에 지고만 내 탓으로 느껴졌다. 필사적인 자기 이해와 차가운 자기비판 속에 잠시 이러지도 저러지도 못하고 서 있었다.

밖으로 나와 산책을 했다. 한껏 느리게 걷는 엄마를 인내하며 걸음을 맞췄다. 걷느라 긴장한 나머지 잔뜩 굳은 손, 가지런히 맞잡을 수도 없는 그 손을 감싸 쥔 채 축 처진 팔이 무겁지 않게 붙잡아 무게를 덜었다. 걷는 자세가 흐트러질 때는 엄마 귓가에 대고 쉬운 말로 설명하고 구령을 붙이며 격려했다. 재잘재잘 이야기하며 엄마 얼굴에 얼마나 자주 웃음이 번지는지도 신경 썼다.

마트에 갔다. 인파를 피해 휠체어를 밀면서 엄마의 시선을 읽고 가다 서다를 반복했다. 왼팔로 식재료를 직접

고를 수 있게 휠체어를 매대에 바짝 붙이고 하나하나 꺼내 보이며 의사를 물었다. 최대한 엄마의 편안한 팔다리가 되려고 애쓰는 내게 사람들은 따뜻한 눈빛으로 말했다. '세상천지 이런 효녀가 어디 있냐.'

나는 효녀일까, 불효녀일까. 버릇이 있을까, 없을까.

'너무 많은 자제력을 요하는 극기는 삶의 기쁨을 앗아가 영혼을 지치게 한다'고 구본형은 책에서 말했다. 아픈 부모를 돌보는 일은 먼 곳에서 보면 숭고하지만 가까운 곳에서 보면 극기다. 부모가 때로 나를 지치게 한다는 생각조차 죄스러운 돌봄자들은 자기 감정을 충분히 돌보지 못한다. 되도록 빠르게 영혼에 삶의 기쁨을 재생시키려 애쓴다. 더러운 세면대에 손을 내려놓은 손이 인내의 한계를 시험하는 이유는 물러설 수 없는 더 크고 중요한 일들이 아직 많기 때문이다. 다른 사람 눈에 한낱 손 씻는 일이 내게 수천수만 번 반복 끝에 이제는 좀 해내지 않을까 희망하고 기대할 수 있는 작디작은 과제이기 때문이다. 이 작은 것이 그리도 큰 바람인가 싶을 때 마음에 폭풍이 인다.

나는 사람들 시선에 갇히지 않기를 선택했다. 칭찬받으면 '감사합니다' 하면서 바쁜 사이에 내어 주는 마음에 감사로 응대한다. 곱지 않은 시선을 받으면 흘려보낸다. 잘한 행동은 누가 알아 주지 않아도 나 스스로 칭찬하고,

잘못한 행동은 그럴 만한 일인지, 지나친 일인지, 더 좋은 방법은 없는지 성찰하고 반성한다. 내 말과 행동이 나온 배경이나 거기에 들어간 수고를 정확히 알고 칭찬이든 비난이든 할 수 있는 사람은 오로지 나뿐이기 때문이다.

돌봄자를 대상화해 항상 착하고 친절해야 한다고 생각하면 안 된다. 높은 기대치는 양가감정에서 분리될 수 없는 돌봄자들을 시시때때로 자기 검열의 길로 내몰기 때문이다. 돌봄자도 돌봄 대상하고 함께 웃고 울고 화내고 자책하고 화해하며 일상을 살아간다. 효녀라는 기대는 돌봄자의 내면을 축소시키는 희망 사항에 지나지 않는다.

그날 그때 준중환자실로 되돌아간다면 모른 척하고 싶다. 가만히 응원하는 마음만 보내고 싶다. 조금 더 용기 낸다면 어깨를 토닥여 격한 감정을 진정시켜 주고 싶다. 아버지 곁에 홀로 깨어 자책하고 있을 깊은 밤에 간식 하나 건네며 괜찮으냐고 묻고 싶다.

돌봄자는 효녀라는 칭찬이 아니라 지속할 수 있는 힘을 바란다. 효녀, 효자가 되기 위해 삶의 경로를 바꾸며 아픈 사람을 돌보는 사람은 결단코 없다. 숱한 체력적 한계와 심리적 곤란을 경험하며 아픈 부모를 돌보는 돌봄자는 다양한 현실적 문제와 사회적 한계를 마주한다. '긴 병에 효자 없다'며 누군가 쉽게 내뱉는 말은 때로 살 떨리는 예언이었다. 점성술사의 유리구슬로 어두운 미래를 본 듯한 두려움이었다.

　나는 예외를 증명하자며 언제나 다짐하고 때로 스스로 애원하면서 긴긴 돌봄의 시간을 통과하고 있다. 어설픈 훈수를 두느니 차라리 모른 척해 주면 더 고맙다. 냉수 같은 차가운 마음을 끼얹지 않아야 장작을 말려 다시 불을 지피는 수고를 아낄 수 있다. 그러나 가장 필요한 도움은 역시 사회적 땔감이다. 돌봄을 포기하지 않으려 애쓰는 개개의 마음이 다 타버려 재로 흩어지지 않도록, 돌봄을 둘러싼 사회적 공감과 이해를 넓히고 제도를 바꿔야 한다.

수능 날 병실에서 생각한 아빠의 삶

병실에서 첫 아침을 맞이한 날이었다. 하루 만에 세상에서 조금은 분리된 듯한 느낌이다. 원래 병원이라는 공간이 그렇다. 현생에서 완전히 자유로울 수는 없지만, 날씨를 살피고 단정하게 씻고 먹는 일부터 먹고살기까지 다양한 의무하고 무관하게 존재할 수 있는 시공간이다. 제한된 자유라는 점에서 여행하고 다르지만, 얼마간 현실을 벗어난 시공간에 머문다는 점에서는 닮아 있다고 생각했다. 수술이 별일인가. 생사가 달린 수술도 아니니 여행 온 마음으로 담담하게 누워 생각이 흐르는 물길을 상상한다. 가끔 두렵고 때때로 극심한 통증에 맞서 사투를 벌이지만, 병원 밖 삶도 인내가 필요하기는 마찬가지다. 의사 처방과 간호사 안내에 성실하게 협조하면서 마음껏 눕고 멍 때리고 자면 그만이었다.

현실에서 동떨어져 있다 보니 그날이 수능 시험 날이라는 사실을 늦게야 알게 됐다. 수험생과 학부모의 간절하고 애타는 마음을 어렵지 않게 상상할 수 있었다. 십수 년을 증명하는 단 한 번의 기회를 맞아 옛날 나처럼 비장하게 시험장으로 향할 수험생들, 자녀를 키운 길고 긴 시간을 회고하며 콧잔등이 시큰할 학부모들에게 마음으로 응원을 보냈다.

언젠가 수능을 끝내고 나온 딸을 맞이하는 로맨틱한 아버지를 다룬 기사를 봤다. 아이가 좋아한다는 따뜻한 커피와 꽃다발을 들고 두 팔 벌려 딸아이를 맞이하는 아버지 모습은 매우 인상적이었다. '아, 나도 저런 부모가 되고 싶다.'

내 수능은 평범하지 못했다. 보통 학교에서 3차까지 야간 자율 학습을 마치면 자정 즈음 막차를 타고 집으로 돌아온다. 곧장 독서실로 가서 독서실 문 닫는 두 시가 되면 내 공부도 끝이 났다. 잠시 눈을 붙인 뒤 새벽같이 일어나 버스를 환승해서 다시 학교에 갔다. 외고에 간 뒤 방황하느라 뒤떨어진 성적을 끌어올리려면 더 많이 공부할 수밖에 없었다.

그래도 수능 전날은 왠지 차분하게 마무리하고 싶은 생각에 조금 일찍 집으로 돌아왔다. 그날따라 아빠는 별스럽지 않은 일로 동생을 나무라기 시작했다. 저 정도면 충분한데 두 번 세 번 반복했다.

"아빠, 딸이 내일 수능입니다. 별일도 아닌 것 같은데 좀 적당히 하세요!"

공부하던 내가 참다 참다 문을 획 열고 던진 말이 기름을 부은 꼴이 됐다. 빗자루로 신나게 얻어맞았다. 뭐가 잘못이냐며 지지 않고 소리를 질렀는데, 그 와중에 여기저기 흩날리는 빗자루 조각은 왜 그렇게도 버썩 말라 있던지. 새벽까지 대성통곡을 했다. 12년 한 공부가 다 필요 없게 됐다며 울고불고했다. 12년 세월이 이미 다 무용지물이 된 듯해서 눈물을 멈출 수 없었다. 새벽까지 잠도 못 자고 나를 달래던 엄마와 언니는 노력이 아까우니 지금이라도 울음을 그치고 자자고 말했다. 겨우 진정하고 잠이 든 나는 다음 날 수능을 치고 그 사실을 잊었다.

그 일을 다시 떠올린 순간은 몇 년이 지나 엄마가 서러운 세월 동안 안으로 삼키기만 한 한스러운 이야기를 조금씩 꺼낸 때였다. 나는 직장인이 됐고, 엄마는 장성한 딸에게 이제 조금 기대고 싶은 듯했다. 더는 가슴속에 눌러 담을 수 없는 상황일 수도 있었다.

"고모부는 딸이 고 3이라고 1년간 술도 끊고 집에 일찍 들어갔다는데, 세상천지 수능 전날 딸을 때리는 아빠가 어디 있노."

깜짝 놀랐다. 정말 내 얘기인가 싶어 되물었다. 수능

전날 빗자루 휘날리며 얻어맞고 세상이 끝난 듯 통곡한 사실을 정말 까마득히 잊었다. 그동안 한 번도 그날을 떠올리며 분노하거나 슬퍼하지 않았다. 대학에 간 뒤에는 성격도 활발해졌고, 꽉 막힌 교실을 벗어나 새로운 세상을 사느라 뒤를 돌아볼 겨를도 없었다. 좋지 않은 기억을 잊는다는 말이 이런 건가 싶어서 묘한 웃음이 나왔다. 내가 정말 괜찮아서 개의치 않는지, 아니면 너무 아파서 기억을 지우고 사는지 생각했다. 그러나 아무리 생각해도 아빠에게 원망은 없다.

어릴 때는 간혹 아빠가 미웠다. 엄마를 힘들게 하고, 우리를 불안하게 하고, 종잡을 수 없었다. 그러나 우리가 작은 성취를 거두면 항상 파티를 열어 축하하고, 아무리 술에 취해도 간식과 책을 잊지 않고 사 들고 오는 아빠가 어린 마음에도 조금 측은했다. 아빠는 힘든 사람 같았다.

우리는 태어날 때부터 우리 부모의 인생도 시작되었다고 착각한다. 부모에게도 어린 시절이 있었고 부모의 삶에 영향을 주는 많은 것이 있었다는 것을 볼 수 있다면, 우리가 상상하는 대로 부모가 살 수 없었다는 것을 알게 된다.

— 유명화, 《트라우마 대물림을 치유하는 법》, 김영사, 2020

아빠에게 문제가 없지는 않다. 수능 전날 아빠가 한 행동은 분명 잘못이다. 그러나 딸이 수능 치기 전날에도 감정을 통제하기가 힘든 아빠의 삶과 내면을 생각해 본다.

아빠는 다방면에 관심이 많으며 활동적이고 영특한 사람이었다. 영어 사전 한 권을 통째로 외운 적이 있고, 지금도 산책할 때 김해에 얽힌 역사와 설화를 줄줄 읊을 정도로 지적이다. 학교를 파하면 식당 하는 부모님 대신 어린 동생들을 건사하고 식당 일까지 척척 도왔다.

47년생 아빠는 육군사관학교에 합격했다. 어마한 일이라고 들었다. 아빠는 육사에 가서 올곧은 군인이 되고 싶었다. 그러나 서슬 퍼런 그 시절 신원 조회에서 억울한 가족사 때문에 합격이 취소되면서 육사 진학을 포기하고 바로 입대했다. 제대한 뒤 바로 공무원 시험을 쳤고, 우리를 키우면서 뒤늦게 방송통신대학교에 진학해 학위를 땄다.

언젠가 새벽 늦게 술을 마시고 돌아온 아빠에게 화난 엄마가 아빠 책을 죄다 밖으로 꺼내 던져 버린 적이 있었다. 그 많은 책이 촤르르 계단 아래로 떨어졌다. 처음 있는 일이라서 깜짝 놀랐다. 아빠는 화를 내기는커녕 넋을 잃은 채 계단에 앉아 아이처럼 목 놓아 울었다.

"내가 잘못했다고……너희 엄마가 아빠 책을……이렇게 다 버려 버렸다."

어깨를 들썩이며 서럽게 울었다. 그때 눈물 콧물 흘리는 아빠 등을 두드리면서 처음으로 엄마가 심하다고 생각했다. 그날 아빠가 흘린 눈물 때문에 책과 공부가 아빠에게 어떤 의미인지 알아차렸다.

"육사 합격을 취소당한 건 어쩔 수 없는 일이니 개의치 않는다. 이미 일어난 일, 가족을 원망할 필요도 없다."

아빠의 호탕한 말은 사실 '그러고 싶다는 의지'이거나 '괜찮아야 한다는 희망 사항'이 아니었을까. 아빠는 괜찮지 않지만 괜찮기를 선택하며 살아왔다.

아빠가 방송통신대학교를 다니며 주경야독할 때도, 어렵다는 5급 사무관 시험을 준비할 때도, 철없는 초등학생이던 우리는 아무런 생각 없이 티브이를 보며 떠들고 놀았다. 그러나 아빠는 한 번도 조용히 하라고 다그치는 일 없이 안방 한구석 좌식 책상에 앉아 묵묵히 공부했다. 낡은 밥상 하나 펼쳐 책을 차곡차곡 쌓아 만든 책상. 그 뒷모습이 지금 와 마음에 에인다. 낮에는 일하고 밤에는 자식 넷이 시끌시끌 떠들어 대는데도 공부해야 하던 아빠 마음을 상상해 본다. 꿈을 향해 매진하고 싶은데 현실이 녹록지 않다고 느끼겠다. 그 현실을 벗어나고 싶을 수도 있겠다.

아빠는 불의를 참지 못하고 감정 기복이 심해 욱할 때가 있었다. 자랄 때 할머니 사랑을 무척 갈구했지만 충분한 사랑받는 아들은 아니었다. 가정을 꾸리고 나서도 할머니를 위하느라 아내를 자주 서운하게 했지만, 정작 동생들만큼 사랑받지 못했다. 타고난 기질, 아무리 갈구해도 채워지지 않는 애정과 인정 욕구, 좌절된 꿈이 뒤엉켜 지금의 아빠를 만들었다.

훗날 엄마를 함께 돌보며 아빠는 말했다. 아무리 불교 서적을 읽고 마음을 다스리는 책을 봐도 한 번씩 올라오는 성질을 마주할 때면 내가 이것밖에 안 되나 싶어서 너무 괴롭다며 가슴을 쳤다. 그렇게 자기 자신을 벌하는 방식 때문에 다시 엄마와 나, 동생은 불안하고 힘들어졌다. 동생과 내가 할 수 있는 일이라고는 우리가 아빠 자리를 메꿔 볼 테니 며칠 여행을 다녀오라거나 잠시 쉬게 하는 것뿐이다. 남편으로서 충분히 책임을 다하고 있고 노력하고 있지만 뜻대로 되지 않는다고 괴로워하는 사람의 어깨에 놓인 짐을 조금 덜어 주는 일 말고 어떤 질책도 할 수 없다. 아빠 모습은 동시에 내 모습이기도 해서 더더욱 그렇다.

살다 보니 어쩔 수 없는 일도 있다. 노력하지 않고 하는 변명이 아니라 아무리 해도 바꿀 수 없는 것들 말이다. 분명 노력하는데 뜻대로 되지 않는 사람, 의도하지 않은 채 실수한 사람, 애를 쓰지만 역부족인 사람이 스스로 성찰하며 나아지려고 하는 한 비난하기가 어렵다.

어느 날 남겨진 기억 때문에 아빠 자체를 미워하면 내게 도움이 되지 않는다. 지난 일을 두고두고 분노하고 스스로 측은하게 만드는 태도도 의미 없다. 부모에게 받은 상처가 있을 때 미움과 분노보다 이해와 성찰에 집중하면 좋겠다. 상대를 좋아하지 않아도, 상대가 옳다고 여기지 않아도 그 사람이 살아온 인생 속에서 이해해 볼 수 있다. 거기까지만 가도 조금 다른 생각이 열릴지 모른다.

장애가 장애가 되는 이유

엄마가 휠체어를 타고 처음 외출한 곳은 송정해수욕장이었다. 재활하던 병원에서 그리 멀지 않은 곳이다. 초봄이지만 제법 쌀쌀한 바닷바람이 불던 날이라 바다만 보고 서둘러 카페에 들어가려다 그만 당황하고 말았다. 갈 수 있는 카페가 없었다. 엘리베이터 없는 나지막한 건물에 막 카페가 들어서기 시작한 송정은 1층에 있는 카페조차 대부분 계단 서너 칸을 올라야 했다. 무심한 몇 걸음이면 충분하던 계단은 오를 수 없는 장벽이 돼 있었다.

엄마가 추위에 떠는 동안 동생과 나는 계단이 없거나 엘리베이터가 있는 카페를 찾아다녔다. 해변 끝에서 끝까지 뒤지고서야 건물 뒤편으로 돌아 들어가면 엘리베이터를 이용할 수 있는 카페를 하나 찾았다. 화가 치밀어 올랐다. 여유롭게 주말을 즐기는 사람들 속에 나는 씩씩대는 마음을 다스리려 애썼다. 분명 자주 오는 곳이었다. 나는 특수 교사가 아니던가. 평범한 일상이 더는 평범할 수 없는 엄마의 현실을 마주한 순간이었다. 휠체어를 이용하는 사람이 차 한잔 마시기도 어려운 사회라는 데 화가 났다. 명색이 특수 교사라면서 남자 친구들 차를 타고 수년간 오간 이곳이 휠체어 접근성이 얼마나 떨어지는지 모른 사실에 부끄럽고 참담했다. 경험과 현실을 거치지 않은 앎은 한낱 얕은 지식이나 관념에 지나지 않았다. 사랑하는 엄마의 불편한 몸을 통해 비로소 장애인의 현실을, 게으른 정의 안에 머무른 나를 보게 됐다.

엘리베이터 공사 때문에 10일 동안 엄마가 우리 집에서 지낸 적이 있다. 그때 이동식 3단 트롤리 하나를 샀다. 트롤리 덕에 엄마는 어느 정도 자립할 수 있었다. 엄마는 왼손으로 네 발 지팡이를 짚으며 실내 보행을 하기 때문에 물건을 손에 쥐고 이동할 수가 없다. 트롤리에 가위, 분무기, 티슈, 간단한 간식 등을 담고 자유자재로 끌고 다니며 화분에 물을 주고 식물을 다듬었다. 물과 약을 스스로 챙겨 먹고 다 쓴 접시를 싱크대로 옮겨 나를 도와주기까지 했다. 내가 그림자처럼 붙어 손발이 되지 않아도 됐다. 엄마는 모든 것을 내게 의존하지 않아도 되고 바쁜 딸을 도와줄 수도 있다며 기뻐했다. 지팡이와 물건을 동시에 잡지 않아도 돼 보행 안전성도 높아졌다.

남아 있는 능력으로 뭔가 스스로 해낼 수 있다는 감각

은 생생하게 남아 자기 주도적인 삶을 향한 희망이 됐다. 베란다에서 식물을 쓱쓱 다듬고 트롤리를 밀면서 걸어오는 엄마는 마른 잎을 떼어 내고 물을 머금은 식물처럼 싱그럽게 웃었다.

"엄마가 치울 테니 천천히 먹고 가만히 앉아서 쉬세요잉!"

살짝 턱을 치켜든 채 고개를 까딱이며 단호하게 말하는 엄마는 기쁨에 차 있었다. 내가 하면 채 절반의 시간도 걸리지 않으니 그냥 두라는 말이 쏙 들어갔다. 배려와 시혜는 비장애인의 전유물이 아니었다.

> 4월 20일 장애인차별철폐의 날을 앞두고 전국 곳곳에서 투쟁이 시작되었다. 지난 25일 이들이 서울 마포대교를 막고 느릿느릿 행진을 이어가자, 30분 발목이 묶인 이들이 30년간 갇혀 산 사람들을 향해 끔찍한 살기를 뿜어냈다.

> — 홍은전, 《그냥, 사람》, 2020

전국장애인차별철폐연대(전장연)가 벌이는 지하철 행동에 일말의 의심을 품던 나를 반성했다. 출근길 지하철을 멈춘 시민이 하는 이야기가 한창 뉴스 화면을 채우던 그때, 눈물을 흘리며 지지한다는 시민도 있었지만, 동시에 많은 시민은 무관심하거나 귀찮아하거나 짜증 또는 분노를 드러냈다. 이런 방법이 최선인지 안타까웠고, 장애인 이미지가 더 나빠지지는 않을지 걱정스러웠다. 장애인이 불편하고 성가신 존재라는 편견이 더 굳어질까 걱정했다. 그렇다면 장애인의 요구가 더 잘 받아들여지는 대안은 있었을까?

휠체어를 이용하는 장애인이 외출할 때 휠체어 부피만큼 공간을 차지해서 배려가 필요하다는 사실 말고 비장애인을 불편하게 하는 일은 없다. 유아차를 미는 사람, 무거운 짐을 든 사람도 마찬가지다. 누구나 때때로 배려받고 배려하며 살아간다. 더군다나 우리 모두 편리하게 애용하는 지하철역 엘리베이터는 장애인 이동권을 주장한 전장연이 투쟁한 결과다. 장애인의 안전한 이동을 보장하는 일이 결국 다양한 신체 조건과 상황 조건 아래에 있는 우리에게 도움이 됐다. 투쟁으로 얻은 편리를 당연한 듯 누리고 있는 우리는 최전선에서 싸워 준 장애인들에게 감사해야 한다.

아무에게도 불편을 주지 않는 집회나 투쟁은 불가능하다. 질서 정연하기 그지없어 놀라게 한 교사 집회도 누군가에게는 얼마만큼 불편한 일이었다. 정도 차이가 날 뿐이다. 왜 우리 사회는 유독 장애인에게 냉랭할까?

어떤 이는 왜 하필 바쁜 출근 시간이냐 했고, 어떤 이는 '더 약자'라는 이유로 가장 힘없는 시민들을 공략하는 아이러니라고 한다. 그런 비판은 차라리 낫다.

"병신들이 집 안에 가만히 앉아 있지 왜 나와서 사람들 출근하는 걸 막고 그래."

때로는 이런 원초적 비난도 난무했다. 최소한의 존엄을 지키기 위해 고민할 필요가 없는 사람들이, 평생의 걸음이 자기 존엄을 찾는 과정인 사람들의 존엄을 공격한다.

지하철 타고 사람 만나고 교육받고 노동하며 평범한 시민으로 살고 싶은 장애인들이, 바로 그 지하철에서, 우리도 당신들처럼 평범한 일상을 누리고 싶다고 호소하고 있을 뿐이다.

특정 상대나 집단을 향한 몰이해는 무지에서 온다. 어렴풋이 짐작하지만 '굳이 알고 싶지 않은 현실'이라는 게으른 정의도 한몫한다. 가려진 장애인의 삶은 가까이 겪어 보지 않는 사람들에게는 보이지 않는다. 장애를 장애로 만드는 요인은 장애 그 자체보다는 장애를 고려하지 않는 사회 구조와 제도, 인식이다. 엄마의 3단 트롤리처럼 변화에는 그리 많은 것이 필요하지 않다. 생각을 바꾸고 제 몫을 하면 된다.

장애 있는 가족 구성원이 있고 장애 있는 학생들을 교

육하는 나는 엄마와 학생들을 통해 장애인의 삶을 더 많이 노출시키려고 한다. 밖으로 나온 장애인들의 삶을 마주한 사람들이 보이지 않던 삶을 보고 생각하게 해주고 싶다. 장애 있는 사람의 삶은 어떤지, 우리가 우리 삶이 나날이 개선되기를 희망하는 만큼 장애인의 삶에도 그런 희망이 있는지 의문을 품어야 한다. 변화는 위에서도 아래에서도 시작될 수 있기 때문이다.

돌봄자가 쌓은 경험

엄마는 피가 고여 퉁퉁 부은 정강이에 얼음주머니를 대고 끙끙대고, 나는 널뛰는 감정을 겨우 부여잡으며 엄마를 간호하고 있다. 그날은 엄마 생일이었다.

엄마는 단지 다쳐서 쉬고 있다 생각하겠지만, 사실 다니던 주간보호센터에서 강제 퇴소당한 참이었다. 사과를 들어도 시원찮을 판에 센터가 지닌 돌봄 능력을 계속 신뢰할지 판단할 선택권마저 박탈당했다.

최선을 다해 협력했다. 무심히 맡겨만 두다가 무슨 일이라도 생기면 득달같이 항의하는 보호자도 아니었다. 엄마를 돌봐 주는 고마운 사람들이라서 간혹 속상한 일이 있어도 늘 조심스럽고 낮은 자세로 다가갔는데, 잘못한 쪽이 오히려 엄마를 퇴소시키다니 걷잡을 수 없는 분노가 밀려왔다.

아빠가 잠시 독립하면서 엄마를 낮 동안 주간보호센터에 보내야 했다. 엄마처럼 편마비 있는 사람을 잘 보호

한다고 장담하는 센터장을 직접 찾아가 면담하고 입소를 결정했다. 김해 집에서 장유 신도시까지 가야 하니 거리는 좀 멀지만 온 창을 시트지로 가린 폐쇄적인 센터가 아니라 볕이 잘 드는 개방된 분위기가 마음을 안정시켜 줄 듯했다. 입소 첫날 센터장하고 상의해서 학교에 휴가를 내고 온종일 엄마하고 동행했다. 아무리 돌봄 전문가라 해도 당연히 엄마의 몸을 잘 모르기 때문에 시행착오를 줄이고 싶었다. 송영 차량에 타고 내리는 법은 물론 공간과 상황과 활동별로 예상되는 위험을 파악해서 안전하고 효율적인 방법을 담당자하고 공유했다. 편마비가 있는 입소자는 엄마밖에 없어 여전히 걱정스러웠지만, 내가 할 수 있는 일은 다한 만큼 빠른 적응은 돌봄 전문가와 엄마에게 남은 몫이라고 생각했다.

그런데 차량 승하차만큼은 마음을 놓을 수가 없었다. 차체가 높은 스포츠 실용차라 부상이나 낙상 위험이 컸다. 나는 차량 담당자가 바뀔 때면 하루 전날 김해에 넘어가 아침 승차를 돕거나 조퇴를 내고 미리 대기하다가 하차를 도왔다. 요령을 알면 간단한데 그렇지 않으면 진땀을 빼거나 여차하면 다칠 수도 있기 때문이었다. 내가 승하차를 돕는 과정을 주의 깊게 보는 직원들은 한두 번만 설명해도 하차를 잘 마쳤다.

그런데 차량 담당자가 자주 교체되자 언제까지 내가 도울 수 없다고 판단하고 스포츠 실용차와 친구들을 섭외해서 단계별로 사진을 찍고 핵심을 정리해 자료를 만들어 보냈다. 몇몇 직원은 정리가 잘 돼 직원이 바뀌어도 빨리 익힐 수 있겠다며 감사를 표했다. 그러나 몇몇 직원은 호언장담했다.

"우리가 다 전문갑니다. 이런 어르신들 모시는 방법 다 교육받은 사람들이니 걱정하지 마세요."

흘려듣는 태도에 마음이 좋아 들어도 왜 똑바로 듣지 않느냐고 채근할 수 없었다. 그러나 엄마는 정강이를 다쳐서 돌아오기 시작했다. 순간적으로 강직이 들어오는 다리를 제때 붙잡아 주지 않아서 차 문을 걷어찰 때마다 멍이 들었다. 속상해도 어쩔 도리가 없었다. 그럴 때마다 파스를 뿌리고 보호대를 씌워 보내면서 건네준 자료를 공유해 달라고 부탁했다.

그런데도 또다시 같은 곳을 다쳐서 온 어느 날, 극심한 고통을 호소하기 시작한 엄마는 '반복적으로 다친 탓에 피가 고여 지방층까지 흘러내렸고, 완치된 뒤에도 붓고 검붉어진 피부는 원상회복이 어려울 수 있다'는 진단을 받았다. 장기간 치료를 해야 했다.

그렇게 다 안다는 듯 가볍게 넘기더니 결국 사달이 났

다. 울먹이며 통증을 호소하는 엄마를 두고 보호자에게 연락도 취하지 않은 채 돌아가 놓고는 아픈지 몰랐다고 발뺌까지 했다.

동생과 나는 직장 생활을 이어 가야만 하고 엄마는 누군가에게 도움을 받아야만 했다. 당장 대안이 없었다. 이미 벌어진 일, 화를 내기보다는 다시 다치지 않는 것이 더 중요하다고 스스로 설득했다. 이런 상황에서도 여전히 차분하게 의사를 전달하는 보호자라면 상대는 더 책임감을 느끼리라 믿었다. 그러나 엄마 상태를 전하면서 몇 가지 대안을 고심하던 내게 센터는 '강제 퇴소'로 화답했다. 당장 내일부터 올 수 없다고 했다. 거동이 불편한데다 다리마저 다친 엄마를 온종일 혼자 내버려 두는 문제 따위는 안중에 없는 듯했다. 제대로 돌보지 못한 책임을 반성하거나 부끄러워하지도 않았다.

제대로 된 사과가 없었다는 점과 부당한 강제 퇴소를 항의했다. 당장 엄마를 맡길 곳이 없으니까 비굴하지만 애원도 했다. 센터장은 엄마가 센터에 나오면 담당 요양 보호사가 퇴사하겠다고 해서 어쩔 수 없다고 했다. 또다시 다칠까 봐 겁이 나 그렇다고 했다. 어처구니가 없었다. 센터장은 퇴사하겠다며 으름장을 놓는 직원을 교육하기보다는 직원을 핑계 삼아 이용자를 부당하게 퇴소시켰다.

평소하고 다르게 강경하게 나서는 내게 센터장은 센터에서 다친 사람이 소송을 건 일이 있다 보니 방어적 태도를 보였다며 사과했다. 어느 정도는 이해할 수는 있었다. 그렇지만 어떤 상황에서도 예의를 갖추려 노력한 나는 크게 상처 입었다. 차라리 당장 쫓아가 시원하게 쏟아붓기라도 했다면 엄마에게 덜 미안했을지 모르겠다. 진정한 사과를 하지 않는 태도가 괘씸해 소송을 준비하다가 지역에서 활발히 활동하는 센터장의 모습을 떠올리니 내 힘이 미약해 보여 발에 치이는 현실을 이유 삼아 흐지부지 접을 수밖에 없었다. 그런 나를 향한 한심함, 엄마를 향한 미안함도 모두 내 몫이었다.

가족 돌봄을 한 경험과 축적된 시간의 힘이 존중받지 못한다는 느낌은 병원에서도 마찬가지였다. 편마비 환자마다 걷는 방식이 천차만별이다. 신체적 특성에 심리적 특성, 가족끼리 함께 훈련한 방식들이 종합적으로 영향을 미치지만, 환자마다 다른 특성을 확인하거나 경청하는 병원은 생각보다 많지 않다. 매뉴얼에 더해 전문성과 경험치가 있다고 믿어서 그런 듯하다. 환자 개개인의 신체 특성은 전혀 알지 못한다는 사실을 전제하고 주의를 기울이려 하지 않는다.

시티나 엠아르아이를 찍으려면 높거나 가운데가 움푹

팬 침상을 오르내려야 하고, 허리에 신경 주사를 맞으려면 모양이 특이한 침상에 엎드려야 한다. 그럴 때 나처럼 오랜 경험이 있는 돌봄자는 답을 빠르게 찾는다. 내가 말하는 요청 사항을 숙지하고 따르면 간단하게 끝날 일이 많다. 그러나 경청하지 않다가 결국 모두 진땀을 빼는 상황이 닥치기도 한다. 몸이 사정없이 뻣뻣해진 채 버둥대던 엄마는 낙상 위험에 빠진다. 가장 피해를 보는 사람은 엄마다.

물론 가족 돌봄자로서 존중받은 경험도 있다. 낙상은 돌이킬 수 없다는 내 말에 두말 않고 수술실 내부까지 동행하게 해준 안과 병원이 있었다. 아니나 다를까 수술대는 허리춤까지 올라간 침상에 폭이 좁고 높은 철제 계단이 세 칸 있고 그 위로 수술대 조명이 드리워져 운신 폭이 좁았다. 온갖 상황을 겪은 나도 난감한 순간이었다. 필요한 사람 수와 각자 맡을 동작을 정하자 사람들은 내 사인에 맞춰 움직였다. 엄마는 아무런 어려움 없이 단박에 수술대에 올랐다. 내 말을 경청하고 협조해 준 간호사들에게 정말 감사했다.

오랜 돌봄 경험으로 엄마를 속속들이 알고 있는 나는 언제든 충실한 협력자가 될 준비가 돼 있다. 내 경험이 전문가가 최선의 판단을 하는 데 도움이 되기를 바라지만 자주 무력해진다.

돌봄 전문가나 의료 관계자들은 편마비 환자를 대할 때 사람마다 달리 대하지 않고 매뉴얼을 천편일률적으로 적용하지 않게 경계해야 한다. 현장에서는 개인의 특수성을 충분히 고려해 융통성을 발휘해야 한다. 보호자가 중요한 정보를 알려 줄 수도 있다.

"환자분이 편하게 느낄 만한 방법을 알고 있나요?"

"가족들끼리 훈련한 방법이 있을까요?"

이 한마디면 충분하다.

가족 돌봄자가 쌓은 축적된 경험은 충분히 가치 있다. 그런 경험은 전문가의 입지를 축소시키거나 침해하지 않는다. 돌봄에서는 돌봄 받는 사람의 개별성에 기반한 안전과 편의가 가장 중요하다. 돌봄 전문가와 의료진이 지닌 전문성에 가족 돌봄자의 경험이 더해질 때 비로소 돌봄의 개별성은 충족된다. 충족된 개별성 덕분에 돌봄 받는 사람은 편안하고 안전해지며, 보호자는 '믿고 맡길 수 있다'는 감각을 얻는다. 우리가 바라 마지않는 돌봄의 질적 향상이 비로소 시작된다.

육아 대 간병, 결혼 대 비혼

"진화야."

조건 반사처럼 몸을 벌떡 일으키게 하는 나지막한 엄마 목소리. 엄마는 새벽에 서너 번씩 깨어 화장실에 갔다. 병실 사람들이 깨지 않게 엄마를 휠체어에 태워 화장실을 오가다 보면 밤새 두어 시간도 제대로 이어 자지 못하는 날들이 계속됐다.

여느 때하고 다름없는 새벽이었다. 그날도 엄마를 변기에 앉히고 채 떠지지 않은 눈으로 서 있었다. 변기에 앉은 엄마가 난데없이 아이처럼 울기 시작했다. 잠이 싹 달아났다.

"엄마가……엄마가 자꾸 꿈에 보여. 여 오고 나서 한 달을 매일 찾아오거든. 한 달 동안 하루도 빠짐없이 꿈에 나와."

그리움에 복받쳐 서럽게 우는 엄마는 그때 예순 중반이었다. 돌아가신 지 20년도 훌쩍 넘은 외할머니가 보고 싫어 화장실에 앉아 아이처럼 우는 엄마라니. 뇌출혈로 세상을 떠난 외할머니는 큰딸이 자기하고 같은 병으로 서울까지 올라와 힘겹게 재활하는 모습을 지켜보고 있나 보다. 딸에게 병을 이겨 낼 힘을 주고 싶어 매일 밤 찾아왔나 보다 생각했다. 외할머니에게 엄마는 여전히 엄마를 여읜 아이였다.

"아이고, 그랬구나……. 한 달 동안이나 외할머니가 엄마 보러 오셨구나……. 외할머니가 우리 딸 살아남아서 기특하고 장하다고 보러 오시나 보다. 힘들어도 운동 열심히 하라고 응원 오시나 보다, 그지?"

고된 새벽, 비몽사몽간에 차오르는 눈물을 훔치고 엄마를 달래 재웠다. 작게 한숨을 내쉬며 좁고 딱딱한 보호자 침대에 몸을 뉘었다. 병실 커튼이 쪼개어 놓은 내 몫의 조그만 천장에 평범한 삶에서 쪼개어진 채 전부가 돼 버린 병원의 삶, 내 몫의 슬픔이 밀려왔다.

사람들은 자식을 낳아 기르면서 일생 동안 기억하지 못하던 어린 시절을 본다고 한다. 급성기 재활 병원에 들어와 엄마하고 내 생애에서 가장 밀도 있는 시간을 보내며 나는 순간순간마다 엄마하고 보낸 어린 시절을 봤다. 대소변을 받고 걷는 법과 말하는 법을 가르치면서 이렇게 고되게 나를 키워준 엄마를 떠올렸다. 이런 일이 일어나지 않앇다면 결코 보지 못할 엄마의 어린 시절도 만났다. 초긍정적으로 말한다면 아무나 흔히 가질 수 없는 축복이라고 할 수 있다. 축복이라 말하면 엄마에게 미안하지만 이미 벌어진 일이니 그렇게 생각이라도 해본다.

엄마가 기저귀를 떼고 화장실을 성공적으로 이용한 날, 한 걸음 한 걸음 스스로 걸음을 내딛은 날, 비로소 우리 이름을 기억해낸 순간, 표현할 수 있는 언어가 눈에 띄게 늘어난 순간을 함께하면서 내가 받은 사랑을 돌려줄 수 있어서 무척 감사했다. 다른 누구도 아닌 바로 내가 그 곁을 지킬 수 있어서 다행이었다.

그러나 아픈 부모를 돌보다 보면 아무리 긍정적이려 해도 마음은 시시때때로 아래를 향했다. 내면에 종잡을 수 없는 폭풍을 내내 버티고 섰는데, 어디에서도, 누구에게도 나는 보이지 않는 듯했다. 육아를 경험하고 있다고 생각하며 이참에 양육자인 친구들 마음을 이해해 보자는 생각도 해봤지만, 아무리 상상력을 발휘해도 간병은 육아하고 같은 범주에서 위안을 받을 수 없었다.

아이는 돌봄을 받으면서 성장하지만 엄마는 잃어 버린 기능을 겨우 조금 회복할 뿐이었다. 회복세가 더디고 어디까지 회복할 수 있을지 낙관할 수도 없다. 미래를 기대하며 하는 육아하고 다르게 간병과 돌봄은 소멸을 늦추려는 시도이자 조금 더 나은 소멸을 향할 뿐이라는 불안과 우울이 깔려 있다.

육아는 경로를 예상할 수 있지만 부모 돌봄은 끝을 알 수 없고, 안다고 해도 끝을 가늠하는 일만으로 두렵고 죄책감이 들었다.

육아는 많은 경우 결혼을 선택한 당사자가 결정하고 부모로서 당연히 해야 하는 의무이지만, 간병은 내 결정하고는 무관하게 벌어지고 당연한 의무도 아니다. 주돌봄자가 시간과 에너지를 갈아 넣어야 다른 가족 구성원은 자기 삶에 매진할 수 있는 기반이 마련된다. 주돌봄자에게는 삶이 뿌리째 뽑혀 나가고 궤도를 무한 이탈하는 일인데, 공감받고 지지받고 있는지 의문이 밀려들 때면 슬퍼진다.

어느 해부터 엄마가 자발적 돌봄을 선택한 존재에서 떠맡겨진 존재로 느껴지는 현실이 두렵고 싫어서 오히려 나를 다그치고 검열했다. 기를 쓰고 돌봄자로서 내 의미를 찾았다. 보이지 않지만 나는 돌봄자로서 뜨겁게 존재하고 있기 때문에 아무도 봐주지 않는다면 나라도 봐줘야 했다. 그렇게 지속할 수 있는 힘을 끌어올리려 애썼다.

육아는 다양한 돌봄 중에서 사회적으로 가장 인정받는다. 육아는 임신을 준비하는 순간부터 산후 우울증까지 사회적 관심과 제도적 지원을 받지만, 부모 돌봄은 잘해야 효녀라는 칭찬이 전부다. 육아 휴직은 급여가 일부 보장되지만, 간병 휴직은 급여가 전무하다. 휴직한 1년 6개월간 숨만 쉬어도 나간다는 생활비를 그동안 모아 둔 돈으로 해결했다.

부모 돌봄은 지극히 개인적 영역으로 간주돼 사회적 인정을 받지 못했다. 기특한 행위에 지나지 않았다. 그러니 돌봄자가 직면한 다양한 어려움을 둘러싼 공적 담론이 활발할 리 없었다. 돌봄자로서 내 내면은 부모 돌봄자가 아니면 어디에서도 나누기 어려웠다. 그마저도 똑같은 돌봄은 하나도 없었다.

가장 가까운 양육자인 친구들만 봐도 그러했다. 엄마가 쓰러진 충격이 채 가시지도 않은 나를 처음 불러 낸 자리에서 친구들은 둘째를 임신한 다른 친구에게 먹고 싶은 것을 물었다. 서울까지 가서 병원 살이 하는 내게 둘째 아이 돌 선물에다 아이 초등학교 입학 선물 비용까지 받아 가면서도 나에게는 커피 쿠폰 한 장 주지 않았다. 친구들 사이에서 유일하게 비혼이던 나는 양육하는 고충을 짐작하고 덜어 주고 싶어서, 만날 때마다 친구들의 편의를 최우선했고 아이도 데리고 나오라고 적극 권장했다. 대화 주제가 온통 남편, 시댁, 자녀 양육이고, 그마저도 아이들이 끼어들어 뚝뚝 끊기기 일쑤여도 10년이 넘도록 아쉬운 소리 한 번 안 했다. 그러나 돌봄의 무게를 짐작하고 이해해 주리라 믿은 친구들마저 엄마를 양육하는 내 처지에는 무심했다.

"네가 결혼을 안 해봐서 그래."

"네가 살림을 안 살아 봐서 그래."

"네가 결혼한 사람의 고충을 뭘 알겠어."

여전히 나는 뭘 모르는 사람일 뿐이었다. 부모 돌봄을 하는 나도 자기들처럼 위로와 배려가 필요하다는 사실은 전혀 모르는 듯했다.

비혼이 하는 돌봄을 당연시하는 모습도 폭력적으로 느껴졌다.

"아, 결혼을 아직 안 했구나. 결혼을 안 했으니 당연히 해야겠네."

이런 말들 앞에서 나는 자주 걸려 넘어졌다.

비혼인 내 삶은 부모 돌봄을 위해 예비된 삶이 아니었다. 우리 사회에서 돌봄은 선택지가 적지만, 그래도 나는 돌봄을 선택할 수 있었다. 돌봄 노동자에게 엄마를 맡기거나 적당히 한 발만 담근 채로 살 수도 있었다. 그러나 간병이 가치 있다고 생각했고, 엄마를 위해 하고 싶어서 선택했다. 예상치 못하게 돌봄이 길어진 바람에 힘들어 외면하고 싶다가도 외면하는 일이 더 힘들어져 힘을 냈다. 엄마 곁에 있겠다는 선택이 후회로 남지 않게 하려고 부단히 흔들리며 나아가는 내게 결혼 안 한 사람이니까 당연하다는 말은 흔들리며 나아가는 시간을 순식간에 무로 만들어 지워 버리는 폭력이었다. '당연하다'는 말은 강 건너 불구경하는 사람이 할 말이 아니라 누군가를 구하러 불 속에 뛰어든 사람이 스스로 되뇌는 주문이어야 했다.

결혼하고 애를 낳아 봐야 어른이 된다는 말도 반은 맞고 반은 틀리다. 결혼하고도 철들지 못한 사람을 많이 봤다. 온갖 사건 사고와 분쟁이 기본값인 이 사회는 '결혼한 성인'이 높은 비율을 차지하고 있다. 한 인간으로 철들고 성숙하는 문제는 결혼 유무하고 아무 관련이 없다. 한 개인에게 벌어진 일을 어떻게 바라보고 대처하고 배우고 행동하는지가 유일한 기준이다.

또한 1인 가구의 일상은 호텔 컨시어지가 상주하는 삶이 아니다. 1인 가구의 살림을 살아 내고 1인 가구가 겪는 나름의 어려움에 대처해야 한다. 게다가 부모님 댁 음식물 쓰레기 처리부터 냉장고 속 식재료 관리, 병원 수발, 여가까지 두루 관여하는 내 삶은 결코 기혼자들 삶보다 가볍지 않다.

내가 알지 못하는 세계, 살아 보지 못한 삶을 함부로 말하는 행동은 단순한 실수가 아니다. 누구에게나 삶은 쉽지 않기 때문에 저마다 제 몫을 지고 묵묵히 살아가는 각자에게 서로 응원을 보내야 한다. 내가 가지 않은 길을 존중하고 이해하려 하고 타인의 고통에 조심스럽게 접근한다면 우리가 느끼는 고통은 눈에 띄게 줄어들 수 있다. 고통마저 경쟁하듯 증명하지 않아도 되는 삶은 생각만 해도 마음을 놓게 된다.

7장

달리고 읽고 쓰는 세계 속으로

돌봄 8년 차, 달리기를 시작하다

영원히 나이 들지 않을 듯한 그 가수가 노래를 부른다. 내가 가장 좋아하는 그 가수의 노래 〈물어본다〉. 꿈처럼 아득한 무대를 향해 하얀 폭죽이 뻗쳐 나간다. '휴지 폭탄'이다. 그 가수가 이 노래를 부를 때면 팬들은 두루마리 휴지를 손에 돌돌 말아 쥐고 있다가 '도망치지 않으려'라는 가사에 맞춰 무대를 향해 있는 힘껏 팔을 뻗는다. 내 안에 숨어 버린 내가 마침내 응집된 에너지를 터트리듯 꿈결 같은 무대를 향해, 선망하는 아티스트를 향해, 어쩌면 순수한 열정과 푸른 가슴을 지닌 꼬마 아이를 향해, 긴 포물선을 그리며 날아가는 폭죽을 우두커니 선 채 퀭한 눈으로 바라만 봤다.

'내 주제에 공연은 무슨 공연이야. 나……이런 삶을 꿈꾼 건 아닌데. 한 번도 이런 나를 상상한 적은 없었는데, 이게 뭐야 정말…….'

이승환 콘서트 '라스트 빠데이'는 내 삶이 오직 직장과 돌봄이라는 두 바퀴로 굴러간 지 4년째에 접어든 어느 날 느닷없고 기약 없는 삶이 우울해 애써 찾은 공연이었다. 엄마가 발병하기 전에는 한 해 이삼백만 원을 투자할 정도로 공연을 즐겨 봤다. 좋아하는 것을 내게 주면 좀 나아질까 싶었다. 더군다나 최장 시간 공연으로 유명한 이승환의 브랜드 콘서트 '빠데이'는 그해가 마지막이라 했다. 공연 한 번쯤이야 돌봄에 지장을 주지 않는다고 스스로 설득했다.

'나 이제 이 정도 시간은 즐겨도 되지 않을까?'

안 되는 일이었다. 공연 티켓과 서울행 케이티엑스를 예매하고 이날만 상상하며 쌓아 올린 기대는 공연장에 도착하기도 전에 무너졌다. 서울역에 도착할 즈음 전화가 걸려 왔다. 발신 번호가 뜨는 순간 심장이 덜컹했다. 모두 분주한 서울역에 덩그러니 주저앉았다.

'이까지 왔잖아. 큰맘 먹고 왔잖아. 이번만은 모른 척해. 하고 싶은 거 해, 너도.'

고민 끝에 어려운 상황은 동생에게 부탁하고 오기 부리듯 공연장에 갔다. 그러고는 장장 아홉 시간 삼십 분을 환호하는 관객들 속에 병풍처럼 서 있었다.

노래가 아름다울수록 내 인생은 슬펐다. 도무지 손뼉조차 칠 수 없던 나는 자리를 박차고 나올 의지도 내지 못한 채 겨우 관객들을 따라 앉다 서다만 반복하면서 즐거움은 더는 허락되지 않을 망할 내 현실을 바라보고 또 바라봤다. 무표정한 얼굴로 눈물만 뚝뚝 흘리며 뭐 좀 해보려 할 때마다 뒤틀리고 어그러지며 가로막힌 순간들을 회고했다.

35년 삶이여, 안녕. 그때 나는 주어진 삶에 순하게 무릎 꿇었다. 엄마가 조금 나아지고 상황이 조금 나아지면 예전 삶으로 되돌아갈 수 있으리라는 기대를 도려냈다. 나는 이 시절에 잠시 머무는 존재가 아니라 지금 바로 여기가 내 시절이었다. 삶은 죽음을 향해 계속 나아갈 뿐 애초에 되돌아갈 곳이란 없었다. 서둘러 따라 오지 못한 내 마음만 저만큼 뒤처져 과거의 영광에 살고 있을 뿐.

삶의 물결이 도도한 강물처럼 흐를 때, 기를 써도 강물 한 자락 막아 세우지 못하던 나는 아무것도 아닌 사람이었다. 마음먹고 노력하면 다 가질 수 있던 삶이 내가 잘난 덕분인 줄 알았는데, 사실 아무것도 아니었다. 자유롭게 반짝이던 내 삶은 누군가가 한 희생 위에 쌓은 성이었고, 가까운 사람들의 안녕 때문에 가능했다. 그러나 삶이 내게만 친절할 리 없다. 불행이 나만 피해 갈 이유도 없고, 내게도 무슨 일이든 일어날 수 있었다. 그렇게 생각하니 겸허해졌다. 온전히 내려놓았다. 그 끝에 또다시 4년이 흘렀다.

사람들은 계속 나를 빠르게 지나쳐 갔다. 예쁜 옷 입고 맛있는 음식 먹으며 서로 어울렸다. 결혼해서 가정을 꾸렸다. 커리어를 쌓고 꾸준히 자기 계발한 결과를 받아 들었다. 그럴 때마다 더는 내 것이 아닌 삶을 바라보며 마음에 서늘한 바람이 한 차례 일었다.

'이제 사십 대 중반인데……한때 모두 부러워할 만한 삶을 산 과거를 그리워만 해야 할까. 아쉽지만 그래도 엄마랑 함께해서 의미 있는 삶이라고 한계 지을 필요가 있을까?'

생각해 보니 방법이 없어서가 아니라 어느 순간부터 내가 지워진 삶에 익숙해져 안일해진 탓이었다. 몸과 마음이 너무 지쳐 있었다. 엄마가 곁에 있어서 감사한데도 부쩍 짜증이 늘고, 마음먹은 대로 쭉 밀고 나가지 못하고, 순간순간 어두운 기억이 몰려와 마음을 헤집어 놓았다. 좋지 못한 몸과 지친 마음이 서로 영향을 주고받기 때문이었다.

무작정 달리기를 시작했다. 운동을 여러 가지 하면서도 달리는 사람을 볼 때면 지루하고 숨만 차는 일을 도대체 왜 하는지 이해하기 어려웠다. 그런 내가 운명처럼 달리기를 거머쥐고 싶어졌다. 왠지 달리기를 붙잡고 가면 길이 보일 듯했다. 내 의지에 상관없이 어그러지는 일들은 여전했지만, 달리기는 언제든 운동화 신고 밖으로 나가 십 분이든 이십 분이든 되는 만큼 달리면 그만이었다. 어떤 상황에서도 '달리는 나'만큼은 스스로 조절할 수 있는 존재라고 여겨졌다. 잘 버티던 몸도 여기저기 아프기 시작했다. 모든 일에 바탕이 되는 체력을 길러 새롭게 시작하고 싶었고, 상황을 핑계로 안주하고 있지 않은지 스스로 확인하고 싶었다.

2023년 1월 2일, 한겨울 칼바람을 뚫고 달리기를 하러 운동화를 신고 나선 순간을 생생하게 기억한다. 나에게 좋은 것을 주고 싶은 내 진심이 위로가 됐다. 해수면 위로 떠오르는 붉은 태양도 마찬가지였다. 이 세상도 네 편에 서서 너를 응원하겠다는 목소리 같았다. 이른 새벽, 엄마에게 간단히 간식을 챙겨 준 뒤 잠깐이라도 달리러 나갔다. 이제는 엄마하고 나를 함께 돌보겠다는 선언이었다. 엄마는 달리는 딸을 기특해하며 혼자 있을 수 있으니까 천천히 다녀오라고 응원했다. 엄마의 응원을 등에 업은 나는 '체인지 러닝 크루'라는 온라인 달리기 모임과 '런데이' 어플을 이용해 삼십 분 동안 쉬지 않고 달리기에 도전했다. 8주간 커리큘럼을 착실히 수행한 끝에 로망인 한강에서 피날레를 장식했다. 꾸준히 달려 하프 마라톤을 세 번 완주했고, 곧 네 번째 하프 마라톤을 앞두고 있다.

달리는 시간은 내 마음을 알아차리는 시간이었다. 담담하게 나를 응시했다. 지금 마음이 어떤지, 어떤 생각이 떠오르는지, 어떤 이유에서 그런지 알아차렸다. 때로 나쁜 생각에 지지 않으려고 달렸다. 분노를 태우며 달리기도 했다. 그러고는 되도록 긍정적인 방향으로 물줄기를 틀고 돌아왔다. 꾸준히 달리면 내 마음이 더 좋아질 수밖에 없다는 희망이 싹트기 시작했다.

달리기는 심폐 소생이자 '스몰 스텝' 운동이었다. 규칙적으로 내쉬는 거친 숨은 긍정적 사고, 자기애, 자신감을 집중적으로 불어넣는 심폐 소생이었다. 달리기는 늘 힘들다. 매번 그만 멈추고 싶은 마음 앞에서 멈추거나 나아가거나 선택해야 하는데, 나는 늘 나아가는 선택을 했다. 나를 위해 더 나은 선택을 하는 작은 습관은 매번 반복하는 달리기가 길러 준 힘이었다.

'속도를 늦출지언정 걷지 않는다'는 철칙을 달리는 동안 한 번도 어긴 적이 없다. 나를 신뢰하는 마음이 쌓여 갔다. 체력이 좋아지니까 몸을 움직여 이것저것 하고 싶어졌다. 그렇게 나는 흐르고 흘러 읽고 쓰는 삶 앞으로 왔다.

'스스로가 아무것도 아니라는 걸 깨닫고 나서야 비로소 우리는 무엇이든 될 수 있'다고 작사가 김이나는 말했다. 그러고 나서야 35년간 살아온 삶하고 완전히 이별할 수 있었고, 과거를 미련 없이 보낸 뒤 주어진 삶을 온전히 긍정하고 순응할 수 있었다. 그렇게 내가 선 그 자리에서 다시 시작할 힘을 차근차근 쌓아 올릴 수 있었다. 이제 달리고 읽고 쓰는 나를 만나 내 앞에 놓인 새로운 문을 향해 나아간다. 그 문을 열면 어떤 세상이 나를 기다리고 있을까. 두려움과 두려움보다 더 큰 설렘을 안고 천천히 더 빨리 걸음을 옮긴다.

읽고 쓰는 삶 속으로 뚜벅뚜벅

제주도를 혼자 여행하면서 독립 서점 투어를 했다. 머무는 곳마다 가까운 독립 서점을 들러 그 서점에서 가장 마음에 드는 책을 한 권 이상 사서 나오는 계획이었는데, 그 여행 끝에 내가 독립 서점을 좋아하는 사람이라는 사실을 깨달았다.

평소 성향으로 보면 누가 드나드는지도 모를 넓은 공간에 폭 파묻혀 있어야 편안한데 서점은 그렇지 않았다. 오히려 대형 서점에 가면 사야 할 책만 사거나 재빠르게 훑어본 뒤 책 한 권만 골라서 나왔다. 서가를 가득 채운 많은 책에 압도되고 몰려드는 사람들에 치여 편안하게 책을 읽을 수 없었다. 독립 서점은 정반대였다.

찌그덕, 끽, 덜컹, 드르륵, 달달달. 제주에 있는 독립 서점은 문을 여닫을 때 대개 이런 소리가 났다. 매달아 둔 풍경이 가볍게 울리기도 했다. 차가운 유리에다 다가가면 스르륵 열리는 자동문보다 조금은 공들여 열어야 하는 문이었다. 책을 만나러 가는 내 마음이 조금은 깍듯해지는 기분이 참 좋았다.

서점 주인하고 인사를 나눈다. 미풍이 슬며시 부는 연못에 번지는 파문처럼 잔잔하게 반갑고 적당히 무심하다. 소박한 공간에 자연광이 스몄다. 방문객의 발걸음과 움직임까지 느껴지는 작은 서점이지만 특별한 책을 만나는 운명을 언제까지나 기다려 줄 듯 여유로운 분위기였다.

공간을 전체적으로 휘 둘러보기만 해도 책방지기의 스타일을 어느 정도 느낄 수 있지만 찬찬히 큐레이션을 살피면서 무엇에 관심을 두고 사는 사람인지 알아 나간다. 웬만하면 모든 책 제목을 다 훑고 몇 권을 골라 들고 나온다. 독립 서점 투어는 책방지기의 내면으로 떠나는 여행 같았다.

책방지기가 유독 궁금한 어느 책방에 갔다. 그 책방에 갈 때는 새롭게 입고가 된 책과 이벤트를 확인하고 가지만, 그래도 책방에 가는 묘미는 우연한 만남에 있다. 하나하나 스캔하는데 책 한 권이 눈에 띄었다.

《슬픔의 방문》. 조금 거친 붓 터치로 그린 유화 속 초점 없는 눈빛, 짧은 머리에 커다란 목걸이, 남자일까 여자일까. 그 아래 두른 띠지를 봤다. '인생의 예기치 않은 사건 앞에서, 책 속의 말들이 다 무너지는 걸 목도하고도 다시 책 앞에 선 사람의 이야기.' 소설가 김애란이 쓴 추천사였다. 단숨에 책을 집어 들었다.

우리는 살면서 때로 전혀 예기치 않은 사건을 맞닥트린다. 옳다고 믿은 것들이 한순간 힘을 잃고 무너져 내리기도 한다. 그래도 다시 책 앞에 선 사람의 이야기가 궁금했다. 나는 그 '책'이라는 단어가 좁게는 책, 넓게는 진리, 더 확대하면 삶이라고 자의적으로 해석했다.

'인서울'로 가는 급행열차를 타려고 노력해서 들어 간 외고에서 나는 처음으로 고꾸라지며 궤도를 이탈했고, 덕분에 갓 스물에 나만의 길을 개척할 내재적 동기와 내면의 힘을 지니게 됐다.

대학을 휴학한 뒤 집안 사정 때문에 집으로 돌아갈 수 없어서 구미 생활을 선택했고, 그곳에서 세계 일주라는 인생의 꿈과 배낭여행이라는 취미를 만났다. 휴학하고 돈을 많이 벌려고 했는데, 문득 초등학교 사회 시간에 한국을 대표하는 공단이 구미라고 배운 내용이 떠올라 덜컥 떠났다. 관사를 제공하는 주야 2교대 프린트 성형과 사출 아르바이트를 했다.

연애가 설렘보다는 의리이고 익숙한 것이 지닌 소중함이라고 믿는 이상은 번번이 깨졌지만, 덕분에 사람의 심리, 나의 마음, 해결해야 할 마음의 문제를 깨닫게 됐다. 세상에 음악과 미술이 존재하는 이유를 공감하고 예술을 깊이 느낄 수 있는 마음이 됐다. 삶에 더 가까워졌다.

한 단계 도약하려던 찰나 쓰러진 엄마를 통해 내 인생은 가장 크게 궤도를 이탈했지만, 긴 돌봄 안에서 엎치락뒤치락 오르내리는 내 마음을 본다. 내 한계와 부족함, 강점을 바라본다. 곧잘 지쳐서 잔소리를 퍼붓는 내가 아직도 많이 부족하다 싶지만, 그래도 있는 그대로 나를 긍정하려 한다. 또한 모든 것을 넘어서는 진정한 사랑, 인간애란 뭘까 생각하게 됐다.

열심히 살고 있는데 남은 것이 없는 느낌이 들기도 한다. 그러나 내 역사는 내 안에 고스란히 남아 있고 내게는 내 역사를 계속 써 나갈 기회도 아직 있다. 기댈 사람 하나 없어 나쁜 관계를 붙잡고 스스로 상처 주던 시간은 괴로웠지만, 덕분에 살아가는 데 꼭 필요한 인간관계는 그리 많지 않다는 사실을 알았고, 나를 귀하게 대해 주는 사람들 곁에서 나 자신하고 더 많이 가까워지기도 했다. 때때로 모든 짐을 내려놓고 아무런 감각 없는 곳으로 사라져 버리고 싶던 시간을 넘어 다시 삶 앞에 섰다. 여전히 삶은 아름답다고 믿으면서.

삶도, 세계도, 타인도, 나 자신조차도 책에 포개어 읽었다.

책은 내가 들고 온 슬픔이 쉴 자리를 반드시 만들어 주었다. 고통으로 부서진 자리마다 열리는 가능성을 책 속에서 찾았다.

……

세상이 너무 무섭고 그만큼 간절하게 궁금하고 이해하고 싶어서 읽고 쓰는 사람이 되었다. 쓰는 사람은 쓰지 못한 이야기 안을 헤매며 산다고 한다.

……

무언가를 기어코 이해하고자 하는 마음이 곧 사랑이라는 것도 알게 됐다.

― 장일호,《슬픔의 방문》, 낮은산, 2022

한동안 제대로 읽기 힘들던 책을 다시 집어 든다. '슬픔의 자리에서 비로소 열리는 가능성'은 프롤로그 제목이었다. 내 경험 속에서 삶, 세계, 타인, 나를 이해하며 삶 속으로 뚜벅뚜벅 걷고 싶다.

새벽마다 글을 쓴다. 도무지 이해 안 되고 화가 나도 기어코 이해하려 했고, 곁을 떠나지 않는 일이 사랑이라고 믿는다. 때로 가족을 힘들게 한 아빠를, 가끔 애가 탈 정도로 협조하지 않는 엄마를, 한 번씩 실망스럽고 이해 안 되는 나를, 사람을, 세계를 포기하지 않고 이해해 보려 한다.

그렇게 과거와 화해하고 삶이 순간순간 주는 아름다움에 취하며 나다운 나로 살아가기를 희망한다. 더불어 읽고 쓰는 자기만의 언어를 가지려고 애쓰는 모든 '쓰는 사람'을 응원한다. 펜 끝에서, 타자를 치는 손끝에서 우리는 모두 빛난다.

우리 삶을 격상시키는 소소한 것들

저녁 여덟 시가 되어서야 학교를 나섰다. 아이들 없는 불 꺼진 밤에 보는 학교는 조금 무섭다. 온갖 괴담이 난무하는 장소가 아닌가! 야간 경비원이 전체 소등을 해달라고 당부해서 침을 한 번 꼴깍 삼킨 뒤 복도 불까지 모조리 끈 채 휴대폰 조명에 의지해 주차장까지 갔다. 안심이 되자 집으로 돌아가면 마무리해야 할 일들을 주르르 떠올리며 시동을 걸었다. 그동안 쌓인 피로하고 함께 집 주차장에 도착한 참이었다. 주차할 자리를 찾는 동안 듣고 있던 음악 뒤로 잔잔하게 클래식이 들리는가 싶더니 기둥 옆 주차 공간을 발견하고 다가가자 꽤 크게 들리기 시작했다.

'쇼팽?'

마침 옆을 지나가는 차에서 나는 소리인 줄 알았는데, 아니었다. 소리 나는 곳을 올려다보니 기둥에 처음 보는 스피커가 달려 있다. 처리해야 할 일로 가득해 경직된 몸과 마음이 이완됐다. 주차장에 클래식이 흐르게 한 사람의 의도와 마음을 떠올리니 이내 미소가 번졌다. 차에 앉아 쇼팽 〈녹턴〉 작품 9번을 끝까지 듣고 〈엘리제를 위하여〉가 나올 때, 입주민 대표에게 주차장 음악이 얼마나 감사한 아이디어인지 인사를 전하고 짐을 챙겨 내렸다.

범죄 예방책으로 대개 치안 강화, 경찰 인력 증원, 처벌 강화를 떠올린다. 강압적인 제도와 처벌이 사람을 통제하고 계몽할 수 있다고 믿는다. 싱가포르를 여행할 때 빵을 사서 들고 지하철을 탔다. 현지인이 음식을 휴대하면 처벌 대상이라고 알려 줘서 가방 속에 빵을 집어넣었다. 싱가포르는 지하철 안 음식 휴대나 섭취는 물론 쓰레기 투기나 무단 횡단에 무거운 벌금을 매긴다. 효과는 빠르고 강력하다. 그러나 언제나 한 방향만 존재하지는 않는다. 더 적은 예산으로 사람들의 두려움을 자극하지 않고 좋은 효과를 볼 수 있는 아이디어도 있다. 깨진 유리창 이론에 근거해 3년에 걸쳐 도심에 가득한 그라피티를 지우자 강력 범죄가 75퍼센트나 감소한 뉴욕 사례는 유명하다.

주차장은 조금 삭막하고 때때로 무섭다. 여성들은 종종 주차장에서 범죄 타깃이 되기도 한다. 아무리 층층마다 구역마다 형형색색 페인트를 발라도 주차장은 밝고 경쾌해지지는 않는다. 그러나 클래식 음악이 흐르는 순간 주차장은 다른 공간이 됐다. 주차하고 나서 엘리베이터까지 걸어가는 그 무심한 시간, 누구나 하루를 떠올리며 잔상을 남기는 그때, 생각이 좋은 방향으로 흐를 수 있게 도왔다. 큰 예산이나 어마한 노력이 들지 않는 작은 아이디어 하나가 때로 우리 삶을 격상시킨다는 사실을 나를 비롯해 행복해하는 주민들 반응을 보며 깨달았다.

우리 삶은 어떨까? 힘든 상황에도 순간순간 행복을 느끼며 살아가려면 무엇이 필요할까? 법과 규칙, 모든 문제를 한 방에 해결하는 어떤 존재? 누구나 부러워할 행복의 바로미터?

일 따위 그저 취미로 할 수 있는 재력, 비싼 차, 든든하고 다정한 남편, 온 우주인 아이, 리즈 시절 미모와 날씬한 몸매, 건강한 엄마, 다정하고 안정된 아빠, 나보다 한 걸음 앞서 돌봄을 조율해 줄 품 너른 누군가?

비싼 차, 많은 돈은 애초에 바라지 않았지만, 나도 가지려고 애쓴 것이 있었다. 가치관이 비슷하고 다정한 남편, 그런 남편보다 더 갖고 싶은 아이. 아이에게 보여 주고 싶은 세상이 있었다. 나는 어떤 엄마가 되고 아이는 어떤 사람으로 자라날지 많이 상상했다.

엄마를 좀더 건강하게 일상으로 되돌리고 싶었다. 아빠와 엄마가 더 다정하게 지내기를 바랐다. 말년에 서로 기댈 곳이 돼서 동생과 내가 직장에서 보내는 시간 동안이라도 일과 삶에 집중할 수 있기를 바랐다. 너무 억울해서 바로잡고 싶어 안달한 뭔가도 있었다. 모든 것을 갈아 넣은 시간이 왜 나를 고립시켰는지, 나서서 일을 맡은 사람이 왜 자꾸만 더 힘들어지는지, 돌봄자에게 왜 모든 것을 당연한 듯 요구하는지, 내 많은 것을 부정당하는 느낌이 힘들고 억울해서 호소하고 싶었다.

무엇 하나 뜻대로 되지 않았다. 바꿀 수 없거나, 바꾸려면 굉장한 에너지가 들거나, 바뀐다 해도 결과를 확신할 수 없는 일이었다. 아무리 처벌이 강력해도 범죄가 완전히 사라지지 않듯 뜻대로 된다고 해서 완벽한 행복이 보장되리라 기대할 수도 없다.

주차장에 흐르는 클래식처럼 지나치게 애쓰거나 많은 돈을 들이지 않고도 우리 삶을 격상시키는 요소는 무엇일까? 좋아하는 글을 쓰는 시간, 빗질해 주면 골골 소리 내다 발라당 드러누워 기지개 켜는 반려묘 초롱이의 배를 쓰다듬는 일, 언제나 함께 호흡하는 음악, 문득문득 하늘 올려다보며 우주와 절대자를 상상하는 일, 구름 사이로 새어 나온 빛에 감탄하는 일. 나는 나 자신과 변하지 않는 자연과 예술에 마음을 뒀다. 내 가장 친한 사람은 나, 나를 가장 사랑하는 사람도 나, 어떤 상황에서도 변하지 않고 나를 지지할 확실한 내 편도 나 자신이다. 나 자신만큼은 내가 바꿀 수 있고, 내 관점을 바꿔 순식간에 문제를 해결할 수도 있다. 우리 삶을 격상시키는 것들을 기대하는 태도가 내 삶을 안정된 행복으로 이끈다.

삶을 바꾸기 위해 우리가 바꿀 수 없는 것들에 안달하는 대신 우리가 바꿀 수 있는 것들을 촘촘하게 엮어 나가면 그 시간들이 쌓여 우리는 우리가 그리던 대로 살아갈 수 있다.

세상 가까운 부탁, 세상 가벼운 땡큐

우리가 서로에게 세상 가까운 부탁을 청하고, 우리가 서로에게 세상 가벼운 땡큐를 날리고, 오늘은 도움을 줬다가 내일은 도움을 받았다가, 그리 살면 되지 않을까.

— 김희경, 《에이징 솔로》, 동아시아, 2023

누군가 부탁을 들어줄 때 뿌듯하면서도 정작 누군가에게 부탁을 청하지 못했다. 나는 생애 첫 전신마취 수술을 한 직후였고, 이미 짧은 기간 여러 번 입원퇴원을 반복한 뒤였다. 그때마다 친구들은 병원으로 찾아왔다. 좋지도 않은 일로 자꾸 오게 하는 듯해 오지 말라 한들 안 올 사람들도 아니고 몰래 수술할 수도 없었다.

"다음엔 너도 한번 아파 입원하거라. 내가 보은하마!"

이렇게 말할 수도 없어 내심 안절부절못했다.

'그래, 인생이 긴데, 어차피 인생 희로애락 함께할 친구들인데, 가볍게 부탁하고 가볍게 땡큐를 날리며 주거니 받거니 해보자.' 도움이 필요할 때 마음을 다해 돕고 도움이 필요하면 감사히 받자고 다짐했다. 그래도 부탁은 여전히 의식적으로 노력해야 하는 영역이었다.

엄마가 우리 집에 머문 주말이었다. 수술한 몸을 온전히 추스를 새도 없이 나는 골절상을 입은 엄마 곁을 지켰고, 그런 내 곁을 지켜 주고 싶은지 동은이가 맛있는 샌드위치를 만들어 집으로 놀러오겠다고 했다. 약속 당일, 엄마가 좋아하는 공원 산책을 오전에 다녀와야 다음 일정이 무리 없게 진행될 듯했다. 그런데 아무리 시간을 견줘 봐도 동은이하고 약속한 시간까지 집으로 되돌아올 수가 없었다.

'맞아, 엄마랑 함께할 때는 다른 일이 끼어들 여지를 두면 안 되지. 뭐라도 내 것을 하려고 욕심내면 안 됐지.'

전날부터 조금 지쳐 있던 나는 빠듯한 약속 시간에 맞추려 부산 떨 생각을 하니 피로가 느껴졌다. 동은이를 공원으로 오라고 할까 생각했지만, 약속 장소를 집이 아닌 곳으로 바꿀 때 생길 수 있는 변수, 엄마의 장애 때문에 지체되는 시간, 무엇을 함께하자고 부탁하는 일이 결코 쉽지 않았다. 약속을 취소하려는 내게 동은이는 공원에 함께 가면 되지 않느냐고 했다. 소식을 들은 예지도 함께 가겠다고 따라나섰다. 흔쾌히 제안한 친구들이 고마웠지만, 엄마를 살피면서 친구들도 신경 쓸 생각을 하니 도통 마음이 편해지지를 않았다. 그러나 우리는 함께했고, 그 시간 동안 즐거웠고, 지친 에너지는 감사로 채워졌다. 엄마는 그날 저녁 오늘 일을 기억해야 한다며 친구들 이름을 또박또박 공책에 적었다.

땡볕에 공원 화장실에 가는 길, 예지는 엄마와 엄마의 휠체어를 미는 내게 양산을 씌워 줬다. 평소에는 엄마 휠체어를 밀고 가다 비를 만나면 엄마만 우산을 씌워 주고 나는 내리는 비를 그냥 맞는다. 우산을 들 손이 없기 때문이다. 간혹 우의도 없이 세찬 비라도 맞닥뜨리는 날이면 비에 흠뻑 젖은 채 종종걸음 놓는다. 엄마 신발이 젖는 속도를 가늠하며 우산에 가려 보이지 않는 노면 상태를 살피는 데 집중하는 나는 내리는 비를 온몸으로 맞아도 당연한 사람이었다. 그런데 그날은 휠체어를 미는 나도 예지의 양산 아래에서 따가운 볕을 피했다. 생각보다 양산 아래는 더 시원했고, 그 풍경이 그렇게 어색하면서 좋았다.

친구들은 나를 도와 엄마를 부축하고, 함께 쪼그리고 앉아 엄마에게 운동화를 신겨 주고, 무거운 휠체어를 함께 들어 줬다. 차에 타고 내리는 데도 시간이 오래 걸리는 엄마가 더울까 봐 가장 먼저 에어컨을 켜고 엄마가 완전히 하차하고 나서야 에어컨을 껐다. 산책한 뒤에는 공원 가까이 있는 동은이 집으로 갔다. 얼마 없는 얼음을 엄마와 내 잔에 가득 담아 줬다. 잘 듣지 못하는 엄마가 조금이라도 알아들을 수 있게 또박또박 천천히 이야기를 했다. 친구들이 힘들어할까 봐 조마조마한 내 마음이 부끄럽게도 친구들은 자연스럽게 함께해 줬다. 조바심은 편안함과 안도감, 고마움으로 바뀌었다.

돌아보니 우리는 꽤 자주 애착 대상인 아이들, 반려견과 함께였다. 1년에 두어 번 보던 결혼한 친구들은 비혼인 내게 아이들 때문에 만날 수 없고 아이들 때문에 함께할 수 없다며 10년 가까운 세월 동안 곁을 비웠다. 당연히 이해하고 받아들였다. 그런데도 예지는 시간을 내어 함께했고, 상황이 여의찮으면 아이들을 데려왔다. 아이들 때문에 자주 대화가 끊어지고 고려할 일들이 늘어나도 함께하려는 마음이 고마웠다.

반려견 앙꼬를 키우는 동은이하고 함께할 때 처음에는 여간 불편해 보이지 않았다. 우리가 그저 친구의 친구일 때 남해로 같이 여행을 갔다. 반려견을 데리고 식당에 들어갈 수 없어 교대로 밥을 먹었다. 어떻게 이렇게 사나 싶었다. 그런데 이제는 아주 자연스럽다. 앙꼬가 함께하면 하는 대로, 아니면 아닌 대로 즐길 방법을 찾는다. 그리고 그날, 내가 친구들 아이와 반려견을 자연스레 배려하고 받

친구들의 이름을 적고 있는 엄마

아들이듯 친구들은 내가 가장 사랑하는 존재인 엄마를 살뜰히 배려하고 받아들였다.

아이들, 반려견하고 함께 나를 만나러 온 마음을 가리키는 다른 말은 '신뢰'다. 조금 산만하고 번거로워도 우리가 함께하는 시간이 더 소중하다고 암묵적으로 동의하고, 엄마 또는 견주라는 정체성을 친구가 지지하고 응원하리라 신뢰하고, 각자 정체성과 우정이 얼마든지 공존할 수 있다고 믿는다. 마찬가지로 동은이와 예지도 돌봄자라는 내 정체성을 지지하고 기꺼이 함께해 주리라는 사실을 편안하게 신뢰하면 된다.

우리는 서로 폐 끼치는 연습을 해야 한다. 서로 곁을 주는 일, 곁을 내어 달라 부탁하는 일이 자연스러울 수 있게 말이다. 설사 아주 독립적이고 자기 주도적인 사람이라 해도 우리 세계는 연결을 기반으로 하기 때문에 누구도 단독자로 존재하지 못한다. 크고 작은 연결이 보이지 않는 스크럼을 짜고 우리를 떠받치고 있다. 그 사실을 온전히 깨닫고 인정하지 못하면, 독립성은 생산적이고 효율적인 가치로 받아들여지고 돌봄은 잉여적 가치로 치부될 수밖에 없다.

오래 부모를 돌보면서 정작 나는 어떤 돌봄 없이 꼿꼿하게 서 있으려던 태도가 돌봄을 온전히 긍정하지 못한 탓은 아닐까 돌아본다. 부탁하기 어려워하는 나를 의식적으로 내려놓고 타인에게 나를 돌볼 여지를 넌지시 줘보겠다. 설사 혼자 하는 편이 효율적이라 해도 때때로 '함께'를 선택해 보겠다. 서로에게 세상 가까운 부탁을 청하고 세상 가벼운 땡큐를 날리며 이 귀한 인연들하고 함께 살아가 보겠다.

인간이 돌봄을 받고 돌봄을 건네는 존재라는 사실을 삶의 기본값으로 인정할 때 우리는 바닥부터 다져진 인간성을 회복할 수 있다. 자기를 돌보듯 서로 돌보고, 취약한 이들을 함께 돌보는 우리가 필요하다.

나는 드넓은 강을 향하는 작은 냇물이었다

17킬로미터, 오늘 달려야 할 이 거리는 살면서 한 번도 달려본 적 없는 거리다. 달리기로 마음먹은 나도 가늠이 잘 안 된다. 그러나 내 달리기 역사를 계속 써 내려 가려면 반드시 도달해야 한다. 언젠가는 능히 해내서 더 큰 목표를 향한 과정이 될 거리다. 그러나 어제의 나를 넘어서는 일은 늘 머리로 계산할 때보다 더한 힘과 용기가 필요하다.

다가오는 봄, 흩날리는 벚꽃을 보며 인생 최초의 하프 마라톤에 도전하기로 했다. 봄, 벚꽃, 달리기, 도전이라는 네 단어에는 적당히 뜨겁고 적당히 몽글한 느낌이 있다. 나를 조금씩 불편한 지점에 놓아 날마다 새로워지고 싶은 내게, 봄날 벚꽃 마라톤은 고민할 여지도 없이 매력적인 도전이었다. 한계를 넘는 도전은 괴로움과 고통을 반드시 동반한다. 달리는 일은 정말 힘이 든다. 그러나 나는 아름다운 것들의 힘을 믿고, 아름다운 것들에 자주 기대며, 최대한 그 아름다움을 활용하는 편이다. 천년 고도 경주, 흩

날리는 벚꽃이 21.095킬로미터에 이르는 과정을 아름답게 해줄 것이 틀림없다.

21.095킬로미터를 달릴 수 있는 내가 되려고 주말마다 장거리 훈련을 하고 있다. 17킬로미터에 도전하는 주에 마침 서울에 머물렀고, 숙소는 명동역 근처였다. 지하철을 타고 잠실한강공원까지 이동한 뒤 한강을 따라 달릴 계획이었다. 그런데 게스트 하우스 스텝이 자기가 즐기는 라이딩 코스가 달리기에도 괜찮을 거라며 명동역에서 한강까지 가는 길을 알려 줬다.

어쩐지 아름다웠다. 명동역에서 잠실한강공원까지 지하철을 타고 가면 왕복 두 시간 정도 걸린다. 두 시간을 절약할 수 있다는 사실도 좋았지만, 번화하기로 유명한 명동에서 온전히 내 두 다리로 한강에 이를 수 있다니! 서울 지리를 지하철 노선도로 겨우 이해하고 있는 내가 한 번도 생각한 적 없는 코스였다. 게다가 나는 배낭여행을 할 때도 국경은 되도록 육로로 넘었다. 냇물과 강물로 이어진 보이지 않는 경계를 넘어간다는 생각은 꽤 흥미로웠다. 청계천 끝에 드넓게 펼쳐질 한강, 한 번도 본 적 없는 그 풍경이 눈앞에 펼쳐지는 듯했다.

운동화 끈을 조여 매고 숙소를 나섰다. 명동역에서 청계천까지 씩씩하게 걸으며 몸을 풀었다. 그러나 청계천에 가까워질수록 힘찬 발걸음으로 가릴 수 없는 두려움이 스멀스멀 올라오기 시작했다.

'17킬로미터를 어떻게 뛰어. 너무 힘들어서 멈추고 싶으면 어떡하지? 그냥 다음에 할까?'

달리는 데 부담이 될까 봐 점심도 간단하게 해결했는데, 갑자기 배가 무겁고 아픈 듯했다. '컨디션도 별로 안 좋은데 그냥 다음에 하자! 하기 싫은 게 아니라 배가 아파서 그렇잖아.'

나는 주저할 때 나를 채찍질하며 등 떠밀기보다 가만히 기다려 주는 편이다. 가야 할 곳을 확실히 알고 있다면 잠시 머뭇거려도 이해한다. 충분히 기다려 주면 결국 스스로 좋은 방향을 찾아가는 사람이라는 믿음이 내게는 있다. 나를 재촉하는 대신 청계천이 훤히 내려다보이는 카페로 갔다. 평소에 즐기지 않지만 피로할 때 종종 도움이 된 카페모카를 마시며 청계천을 한참 내려다보았다. 그리고 나에게 물었다.

'이거 왜 하는 거야? 예쁜 카페 가서 편안하게 책 보고 서울 구경이나 다녀도 되는데, 이 힘든 일을 왜 하겠다는 거야?'

오랜 세월 엄마의 엄마로 살면서, 나는 내 삶이 다시는 예전처럼 나는 듯이 나아갈 수 없다는 상실감에 빠졌다. 소박한 계획들마저 부모님 상황에 따라 번번이 어그러지면서 무엇도 꿈꾸지 않는 편이 덜 속상했다. 그렇게 학습된 무기력 때문일까. 돌봄 경험치가 쌓일수록 내 시간은 조금씩 늘어났지만, 나는 나로 살아가는 법을 잊은 사람 같았다. 어디부터 다시 시작해야 할지 모르는 내게 엄마를 돌보는 일이 가장 좋은 핑곗거리일 수 있다고 생각했다. 핑계 대고 싶지는 않았다. 문득 간병 때문에 한창 힘들어 바닥을 헤맬 때 마지노선이라는 마음으로 지켜온 일상 루틴을 떠올렸다. 아침에 일어나서 침구를 가지런히 정리하는 일이다. 마음이 지옥 같은 날도 침구를 정리하며 생각했다.

'내가 모든 걸 놓아 버린 건 아니야. 언젠가 괜찮아질 거야.'

작고 간단하지만 무슨 일이 있어도 꾸준히 나를 향한 믿음을 지켰다. 이번에도 붙잡고 일어설 단 하나가 필요했다. 바로 달리기!

자리를 털고 일어나 청계천으로 내려갔다. 천천히 가더라도 끝까지 가보자 싶었다. 무릎 밴드를 다시 한 번 풀고 조였다. 페이스는 욕심내지 않고 그저 내 몸의 감각에 집중하며 달리자고 마음먹었다. 음악도 필요 없었다. '달린다'는 행위를 통해 시시각각 변주되는 자아에 가만히 귀 기울이면 충분할 일이다. 주변 풍경이 눈에 들어오다가 어지러운 생각이 한바탕 일더니 이내 가지런해졌다. 깊숙한 내 마음의 소리가 들려오더니 어느새 내가 달리고 있다는 사실 말고 아무것도 남지 않았다. 내 다리가 풍경 속을 무심히 달려가는 완행열차 바퀴 같았다. 얼마나 달렸을까. 유독 눈이 부시다 싶더니 지는 해가 비추는 아련한 빛으로 반짝이는 강물을 맞닥트렸다. 청계천이 한강으로 흘러드는 지점이라는 사실을 한눈에 알아볼 수 있었다. 아름다웠다. 마침내 갠 하늘, 왈츠 추듯 빛으로 일렁이는 강물, 교각 아래로 증폭되는 자동차 소리, 농구하는 청소년들이 내뿜는 활력, 바닥에 강하게 부딪혀 순식간에 튀어 오르는 농구공의 탄성. 모든 것이 아름다웠지만, 그중 가장 아름다운 존재는 바로 달리는 나였다. 규칙적인 들숨과 날숨, 단단하게 땅을 박차는 발소리, 살아 있다는 축복.

어쩌면 나는 드넓은 강을 향하는 작은 냇물이었다. 물은 막히면 돌아가더라도 멈추지 않는다. 바위가 막아서면 바위를 돌아 흐르고 흙더미를 만나면 그 흙을 껴안아 흐르면서 끝끝내 지형을 바꾼다. 흐르고 흐르면서 더 많은 물을 품고, 마침내 강이 돼 바다에 이른다.

돌아보니 내 삶은 멈춘 적이 없었다. 그래서 네가 뭐 대단한 성과를 거둔 적이 있느냐 묻는다면 세상이 기대하는 대답을 하기는 어렵다. 그러나 많은 결핍과 허물에도 나는 내가 자랑스럽다. 순간순간 최선을 다해 뜨겁게 흘렀기 때문이다.

언제나 기준은 나였다. 내가 누구인지, 무엇을 좋아하고 싫어하는 사람인지, 어떻게 살고 싶은지 늘 내게 질문했다. 내 안의 선한 마음, 모순으로 가득 찬 괴팍함, 부끄러운 과거도 고개 돌리지 않고 직면했다. 많은 순간 용기가 필요했다. 나는 알아서 잘하는 사람이라기보다는 애쓰는 사람이기 때문이다.

인간의 다양한 마음을 이해하고 싶었다. 나에게 상처 준 사람의 마음도 어떻게 하면 이해할 수 있을지 돌아서면 늘 고민했다. 미움이 그저 툭 시선을 떨구면 바로 연민이었다. 뭔가를 탓하지 않았다. 모든 것이 결국에는 내 선택이라고 믿었다. 좋은 삶이란 무엇인지 답을 찾고 싶었고, 내게 일어나는 모든 일을 선물로 받아들일 수 있도록 내 시선을 고민했다. 생각이 계속해서 흐르고 자아가 펄떡이는 삶은 멈추지 않는다. 누구에게나 당연하게 주어지는 기본값은 아니라고 나는 믿는다.

뇌출혈로 쓰러진 엄마를 간병하고 오래도록 돌보는 일도 다르지 않았다. 바위를 탓하기보다 돌아 흐르는 길을 찾는 물처럼, 극심한 감정적 소모 속에서도 빠르게 방법을 찾아서 늘 해결했다. 거대한 흙더미처럼 둔탁한 우울과 좌절의 시간도 용기 있게 껴안았다. 맑게 흐를 수 없다면 기꺼이 둔탁하게 흘렀다. 그렇게 다시 맑아졌다. 물은 흐르고 흐르면서 더 많은 물을 품는다. 나는 그 시간을 흐르며 내 안에 무엇을 품었을까? 이제 나는 강이 돼 어떤 바다에 이를까?

우리는 높은 곳에서 많은 사람에게 박수 받는 인생을 선망한다. 때로는 진정 오르고 싶은 산인지 잘 알지도 못하면서. 누군가의 인생이 한 번 활짝 피어나는 그 순간을 부러워하기도 한다. 마치 태생부터 꽃이다가 언제까지나 활짝 핀 꽃으로 살다가 소멸한다고 여긴다. 분명 그 사람들도 한때는 자기만의 북극성을 헤아리며 어두운 밤길을 홀로 걷는 사람이었다. 아무도 제 이름을 불러 주지 않을 때 작디작은 봉오리 속에 가만히 웅크려 응집된 힘을 모으는 시간을 버텼다.

세상의 기준이 우리를 경계 밖으로 내몬다고 느낄 때, 우리는 어쩐지 조급한 마음에 자기를 다그치게 된다. 나를 함부로 자르고 깎기도 한다. 그러나 나아가지 못한다고 여기는 순간에도 우리는 조금 더 깊은, 다르게 넓은 삶을 살려고 애쓰고 있다. 또는 여태 살아온 삶하고는 다른 삶을 맞이하려고 오래도록 진중하게 준비한다.

나는, 우리는, 각자의 풍경과 속도로 흘러 마침내 저마다 고유한 바다에 이를 물이다. 흐르지 않을까 봐 걱정하기보다 어디로 어떻게 흘러갈지 상상해 보려 한다. 너와 나의 강물이 만나 다시 바다에 이르는 순간은 또 얼마나 아름다울까!

때로는 회복 런처럼, 때로는 마라톤처럼

달리기를 처음 시작한 나는 의욕이 충만했다. 달리기가 내 삶을 구원할지도 모른다고 기대했다. 반드시 그렇게 만들어야 한다는 절박함도 있었다. 빠르게 뭔가를 증명해내고 싶던 나는 온라인 달리기 모임의 시스템 안에서 꾸준히 달리는 정도만으로 부족해 속도를 의식하기 시작했다. 오랜 러너들이 시간하고 함께 축적한 속도를 초보 러너가 단박에 따라잡겠다는 욕심이었다. 그러나 마음이 저만치 앞서 달려 나간 나는 6분 30초대 페이스를 5분대로 끌어올리려다 보니 적정 심박수를 늘 넘어섰다. 반드시 해내겠다고 다짐한 일은 악과 깡으로 몸 상하는 줄도 모른 채 버텨 낸다. 안다고 해도 개의치 않는 내 성향은 달리기를 시작할 때도 마찬가지였다.

달리기는 고통을 인내하는 과정에 가까웠다. 기를 쓰고 버티다 보면 어느 순간 잠깐 편안해졌다가, 끝나고 나면 비로소 뿌듯하고 버티기를 잘했다 싶었다. 힘들지만 종종 즐겁고 의미 있는 일이었다.

'온택트 마라톤'에 참가해 처음으로 15킬로미터를 완주한 뒤 회복 런을 한 날이었다. 회복 런은 장거리를 달리느라 뭉친 근육과 피로를 풀어 주려고 조깅하듯 편안하게하는 달리기를 말한다. 회복이 목적인데다 15킬로미터를 증명한 여유 때문인지 처음으로 페이스를 의식하지 않고편안하게 달렸다. 빠른 심박수에 헉헉대느라 지나친 풍경들을 어느 때보다 살뜰하게 눈에 담았다. 부산에 산 지 40년도 넘은 지금도 볼 때마다 감탄하는 광안대교, 부지런히일고 사그라지는 파도, 산책하다가 만나 서로 반가워 비비거나 으르렁대는 강아지들, 함께한 평생을 그려 보게 하는 노부부의 나란한 발걸음, 마주 오는 러너들이 스치듯지나며 흩뿌리는 생의 에너지, 모든 것이 민들레 홀씨처럼폴폴 날아 내게 오는 듯했다. 그렇게 심장이 뭉근하게 데워졌다. 처음으로 달리는 행위 자체가 주는 즐거움을 오롯이 느꼈다. 이렇게 부담 없는 달리기라면 매일 아침마다큰 고민 없이 운동화를 신고 나올 수 있을 듯한 기분이었다. 최종 페이스 6분 37초. 평소보다 고되지 않으니 운동량이 부족하다고 느꼈지만, 적당히 기분 좋을 정도로 체온이상승했다.

편안한 마음으로 집에 돌아오는 길, 궁금해졌다. 즐거

운 달리기와 한계를 넘어서는 달리기 중 나는 뭘 원할까? 어쩌면 이런 달리기 방식이 인생을 살아가는 방식하고 같지 않을까?

누군가는 살아 있다는 사실에 감사하며 하루하루 평범한 일상을 소중히 여긴다. 달리고 있다는 사실 자체를 즐긴 오늘 회복 런처럼. 누군가는 한계를 넘어 부단히 도전하고 성장하는 삶에 가치를 둔다. 더 빠르고 더 멀리 달리는 데 도전하는 마라톤 선수처럼 나아가면서 살아 있다는 기쁨을 느낀다.

나는 어떨까? 굳이 따지자면 속도보다는 과정을 더 즐기는 유형이다. 중국으로 여행 갈 때는 45분이면 가는 비행기를 두고 24시간이 꼬박 걸리는 배를 탔다. 45시간 동안 기차를 타고 중국 쓰촨 성 청두에 간 적도 있다. 중국인에게 이동이란 으레 하루 이틀 걸리는 일이지만 기차로 두세 시간이면 국토를 종단할 수 있는 한국인에게 45시간을 이동한다는 사실은 입이 떡 벌어질 만한 일이다. 그러나 나는 매우 즐겁고 전혀 지루하지 않았다.

비행기를 타고 유럽으로 날아갈 때도 마찬가지였다. 경유 편이 더 싸다는 경제적 이유 때문이 아니라 경유라는 로망을 실현하려고 경유한다. 다른 여행자들처럼 최대한 짧은 경유 시간을 찾지 않고 공항에서 하룻밤 노숙을 할 수 있을 정도로 충분히 길게 말이다. 히드로 공항에서 일주일을 머물며 《공항에서 일주일을》을 쓴 알랭 드 보통은 공항은 단지 떠나고 돌아오는 자들의 경유지가 아니라 다양한 삶이 교차하며 사유를 불러일으킬 수 있는 곳이라고 말했다.

어쨌거나 이 세계도 저 세계도 아닌, '이동'은 목표한 지점으로 '나아가고 있다'는 느낌에 안온한 사유의 시간을 보장했다. 특별히 뭔가 하지 않아도 좋았다. 분주한 사람들을 바라보거나 물끄러미 창밖만 응시해도 충분한 상태에서 나는, 낯선 세계를 향한 긴장을 내려놓고 떠나는 사람의 설렘을 충분히 즐길 수 있었다.

그러나 그런 즐거움이 전부는 아니었다. 목적지에 도착하면 나는 또 다른 유형의 인간이 됐다. 과정을 충분히 음미하며 축적한 에너지를 발산해 여행하는 이유를 하나하나 실현했다. 때로 빠른 판단과 속도가 필요했다. 더 큰 이유를 위해 작은 이유나 과정은 생략하기도 했다. 마치 회복 런 끝에 몸 상태가 향상되면 또다시 새로운 도전이 고파지듯, 여행도, 여행하고 닮아 있는 우리 삶도, 회복 런과 마라톤의 영역을 얼마든지 오갈 수도 있다.

오랫동안 엄마를 돌보던 나는 터질 듯한 심장을 부여잡고도 계속해서 페이스를 끌어올려야만 하는 마라토너였다. 엄마를 일상으로 되돌려 놔야 한다는 양보할 수 없는 목표 안에서 멈출 수도, 숨을 고를 수도 없었다. 이러다 이미 고장 난 심장을 영원히 잃을 수도 있겠다 싶을 때쯤 비로소 나를 돌보기 시작했다. 달리고 읽고 쓰다 작가로 살고 싶어졌다. 사람들을 위로하고 보이지 않던 것을 보이게 하는, 기어이 삶을 사랑하게 하는 그런 따뜻한 작가 말이다. 내 글에 힘이 생기면 더 먼 곳까지 활자에 실어 보낼 이야기를 위해 나를 더 깊이 영글게 하고 싶었다. 새롭게 살아 보고 싶은 삶을 그리는 과정은 내 호흡, 내 숨결, 내 가능성을 마주하는 회복 런하고 같았다. 그런대로 평온하고 참 감사한 시간이었다.

그러나 이 안온한 행복이 언제까지 이어지기를 바라는 소망하고 다르게 아픈 아빠를 돌봐야 하는 과제를 새롭게 안았다. 엄마를 돌보느라 뒷전에 밀려난 아빠의 외로움을 암세포가 채우기 시작했다. 그렇게 좀더 회복하고 싶은 나를 어마한 죄책감하고 함께 기어코 출발선에 세워 신호음을 쏘아 올렸다.

주저앉아 신에게 투정할지, 뒤돌아 도망갈지, 신을 원망하는 마음을 내내 곱씹을지, 나는 기꺼이 달려 보려 한다. 영원한 회복 런일 수도 없고 영원한 마라톤일 수도 없는 인생을 온전히 수긍하려 한다.

서툰 걸음이지만 40여 년을 걸어오며 자연스레 깨달은 바가 있다. 긍정하기만 한다면 모든 사람은 자기 삶의 주관자가 된다. 긍정은 선택 밖의 영역이 더 많은 조건 속에서 살아가는 인간이 운명을 마주할 수 있는 유일한 무기이며, 나를 둘러싼 공기를 바꿀 수 있는 유일한 도구였다. 달리며 상상하겠다. 신이 던져 주는 고난을 넙죽넙죽 받아먹고 기어이 성장하는 한 인간을. 껄껄 웃으며 마지막에 좋은 것을 준비할 신의 손길을.

| 나는 듯이 가겠습니다

누군가를 정말로 이해하려고 한다면 그 사람의 입장에서
생각해야 하는 거야. 말하자면 그 사람 살갗 안으로 들어가
그 사람이 되어서 걸어 다니는 거지.

— 하퍼 리, 《앵무새 죽이기》, 김욱동 옮김, 열린책들, 2015

살갗 안을 파고들 듯 존재의 핵심에 정확히 가닿는 일,
한 존재를 구성하는 역사를 그대로 살아본 뒤에야 비로소
한 시점의 그 존재를 말하는 일이 정말 가능할까?

애정의 깊이나 신뢰에 상관없이 불가능하다는 사실을
깨달은 뒤로 외로움은 평생의 벗이구나 생각했고, 내 마음
의 중심을 변하지 않는 어떤 것에 둬야 하는지 고민했다.
변해 가는 존재를 바라볼 때 관자놀이를 스치는 서늘한
바람에 무심해진다. 내가 버리지 않으면 나를 버리지 않을
어떤 것은 음악, 여행, 추억, 영원한 내 마음의 비빌 언덕인
엄마, 무엇보다 나 자신이다. 나는 나에게 '이미 충분한 나

의 그대'이고 싶었다.

은유가 쓴 《은유의 글쓰기 상담소》를 읽었다. 글쓰기 책이지만 나에게는 심리 상담 책으로 다가왔다. 내 마음이 오롯이 담긴 서문에 나는 속수무책으로 빨려 들어갔다. 형태 없는 감정, 압력만 있는 슬픔을 내 마음에 꼭 맞는 언어로 표현하는 '글쓰기'는 '이미 충분한 나의 그대가 되어 주는 일'이라고 한다. 왜 여태 제대로 써볼 생각을 하지 못했을까!

은유에 따르면 글쓰기란 자기 구김을 섬세하고 따뜻한 눈길로 펴는 작업이고, 그렇게 해서 더는 그 일이 내 일상을 침해하지 못하게 나와 아픔을 분리하는 일이다. 또한 삶에서 버릴 게 아무것도 없다는 사실을 알기 때문에 어떤 사물, 현상, 존재에서 다른 의미를 발굴하는 사람이 되는 행위라고 한다.

나는 2015년 2월부터 1년 반 동안 재활 병원에서 엄마의 보호자로 살았다. 그리고 장애하고 더불어 살아가는 엄마의 일상생활을 지원하며 돌봄을 이어 가고 있다. 자그마치 10년이 넘는 시간, 1년에 평균 두 번씩 배낭여행을 떠나고 갖은 취미 활동과 모임 때문에 집에 발붙이고 있지 않던 내게, 모든 것을 멈추고 내려놓은 그 시간은 엄마가 맞닥트린 인생의 바닥을 함께할 수 있는 감사한 시간이면서 내 존재가 온통 흔들리는 경험이었다. 엄마를 수면 위로 끌어올리면서 나는 바닥으로 끝없이 가라앉았다. 화만 나면 나를 무시하고 폭력적인 말을 쏟아붓는 남자 친구가 유일한 붙들 곳이던 세월 동안 나는 초라한 나를 끝없이 의심했다. 이토록 하찮고 아무도 돌아보지 않는 인간이라니. 모든 것을 걸고 엄마를 돌봐도 제대로 인정받지 못하는 삶이라니.

오랫동안 뒷전으로 밀려나 있던 나를 돌보기로 하고 무작정 달리기를 시작한 2023년 1월 2일, 떠오르는 태양에 붉게 물든 아침 하늘을 아직 생생하게 기억한다. 그리고 글을 쓰기 시작한 같은 해 9월 11일 새벽 네 시 사십 분, 열어젖힌 창, 까만 하늘에 선명하게 빛나던 오리온자리를 떠올린다.

어릴 때부터 나는 스스로 관조했다. 저 높은 곳에서 책상 앞에 앉은 나를 내려다보며 표현할 길 없는 온갖 마음을 바라봤다. 때로 끊임없이 나에게 묻고 답하며 결국에는 좋은 쪽으로 생각의 방향을 틀었다. 그렇게 나를 다듬어 갔다. 나는 내 안에 이미 글쓰기 씨앗을 품고 있었다.

엄마를 간병하면서 한 경험, 자세히 바라본 엄마의 사랑스러움, 돌봄으로 웃고 울며 이해하게 된 부모님의 삶, 불 꺼진 병실에 누워 쉬이 잠 못 들고 돌아본 내 인생, 그 모든 일이 내게 주는 의미를 하나하나 돌아보고 싶었다. 이제야 그 시절을 딛고 나아갈 수 있을 듯하다.

또한 자발적으로 선택한 돌봄, 더없이 가치 있고 아름다운 그 일은 왜 그토록 나를 고립시킨 걸까 하는 물음이 여전히 내 안에 가득하다. 흔들리고 넘어지면서 기어코 나아가려 한 나를 통해 이런 고군분투가 온전히 개인의 몫이어야만 하는지, 우리 사회가 돌봄자의 고통에 이토록 무감해도 되는지 질문을 던지고 싶다.

나는 주관이 매우 뚜렷하지만 다른 사람에게 참견하기를 싫어한다. 정답은 하나라고 주장하면서 다양한 삶의 조건에 놓인 사람들을 오답 범주로 밀어 넣으면 거북하다. 또한 누군가에게 나눠 줄 방대한 지식은 없는 평범한 사람이다. 그러나 내가 바라보는 세상은 말할 수 있다. 생의 마디마디에 담긴 나만의 자세와 시선, 삶에서 길어 올린 지혜와 이 세계를 향한 물음은 얼마든지 나눌 수 있다.

글쓰기를 오래오래 삶으로 이어 간다면 내가 좋아하는 작가들처럼 아무도 해치지 않는 글을 쓰고 싶다. 성장, 경쟁, 효율에 가치를 두는 사회에서 삶의 가치, 돌봄, 불평등, 배제되고 밀려난 존재들을 일깨우는 '아름다운 예민함'을 보며 격랑 속에 배를 붙드는 작지만 강한 닻을 떠올린다. 끝없이 배우고 사유하며 쓰는 삶을 통해 주변을 온기 있는 생각으로 보듬을 수 있다면, 고단한 삶 속 경직된 마음에 바람이 드나드는 길목 하나 내어 줄 수 있다면, 흔들리며 길을 찾는 이에게 또 하나의 시선을 보태 줄 수 있다면, 내 삶은 의미를 지닐 수 있다. 미처 감각하지 못해 당위가 된 일상에 미세한 파동을 일으키는 질문 한 조각 건넬 수 있다면, 더할 나위 없는 삶이겠다.

여전히 나는 엄마를 돌본다. 또한 아픈 아빠를 돌본다. 삶이 계속되고 내가 곁을 지키리라 다짐한 이상 돌봄은 끝이 없다. 부모님도 세월이 흐르면서 나아가고 있기 때문에 내 돌봄은 언제 어디서 새로운 어려움을 마주하게 될지 모를 일이다. 그러나 괜찮다. 삶은 나쁜 일이 다하면 좋은 일이 오기를 바라는 대신 그저 나아가는 것이었다. 언제 어떤 일이든 일어날 수 있는 것이 삶이었다. 잠시 너럭바위에 앉아 쉴 수 있다면, 좋은 일이 찾아와 준다면, 다만 감사하면서 가면 된다.

분명히 다시 흔들리고 때때로 눈물 짓게 수 있다. '이제는 어떤 일이 와도 지난 10년처럼 온통 흔들리지는 않을 것 같아'라는 확신은 보란 듯이 깨질지도 모를 일이다. 그러나 이제 나는 상상할 수 있다. 이 모든 것이 내가 살아가는 삶 위에 피는 꽃이라는 사실을. 언뜻 봐도 화려한 꽃과 자세히 봐야 예쁜 꽃. 누구나 알아보는 삶의 기쁨과 자세히 봐야만 아름다움을 발견할 수 있는 삶의 아픔이자 슬픔. 이 꽃밭 같은 삶을 나는 나폴나폴 나는 듯이 가려 한다. 어디에도 머물지 않는 바람에 몸을 실어 나는 듯이 가고 싶다.